Mischa Kopmann
Aquariumtrinker

MISCHA KOPMANN

AQUARIUM-TRINKER

ROMAN

Osburg Verlag

Erste Auflage 2017
© Osburg Verlag Hamburg 2017
www.osburgverlag.de
Lektorat: Ulrich Steinmetzger, Halle (Saale)
Umschlaggestaltung: Judith Hilgenstöhler, Hamburg
Satz: Hans-Jürgen Paasch, Oeste
Druck und Bindung: CPI books GmbH, Leck
Printed in Germany
ISBN 978-3-95510-126-8

Für Suse

(1) Die Wahrnehmung unseres Helden speist sich aus einer Ablehnung herkömmlicher Wert- und Wirklichkeitsbegriffe. In all seinen inhaltlichen Dimensionen ist dieses Buch fiktiv, was sich maßgeblich auf seine Protagonisten auswirkt: Sämtliche Handlungsträger, tot wie lebendig, sind selbstredend ebenso frei erfunden wie die Handlung selbst.

(2) Dies gilt nicht zuletzt auch für die Namensgebung, und hier insbesondere für den Widersacher unseres Helden, dessen Nachname ebenso einer Laune der Inspiration entsprungen ist wie die Tatsache, dass partout niemand ihn mit Vornamen anreden mag – nicht einmal Mrs. Kunstmann. Weder Doris noch Antje, an die der Erzähler ob ihrer Prominenz bei der ersten Nennung des Namens im Buch auf sehr respektable assoziative Weise denken muss, können irgendetwas dafür, dass ein Kunstmann durch die fiktiven Landschaften dieses Romans geistert, den mit Ausnahme der Namensgleichheit nichts, aber auch gar nichts mit den beiden Assoziierten verbindet.

(3) Bei allem Bemühen ist es dem Lektor nicht gelungen, dem Autor die vom Standard abweichende Kommasetzung auszureden. Diese orientiert sich auf idiosynkratische Weise an der Quelle des Erzählten und seines Erzählers: Leon Spihr ist Songschreiber. Jede poetische Einlassung innerhalb eines Satzes gestaltet sich für ihn wie eine neue Zeile innerhalb eines Songs.

»I am an American aquarium drinker
I assassin down the avenue«
Wilco, »I am trying to break your heart«

Weisses Album, Schwarzer Stern

Das weiße Album. Doch nein, wie sehr man es sich auch vornimmt, niemals ist irgendetwas wirklich zu Ende. Und ja, jedem Anfang wohnt ein Abschied inne. Und wo wir schon bei Abschieden sind – John Lennon ist selbst schuld, dass er erschossen wurde. So jedenfalls Böttchers These, der immer und zu allem seine Meinung hatte und nie müde wurde, damit hausieren zu gehen, zu allen möglichen oder unmöglichen Gelegenheiten. Wurde so eine Art *party piece* mit der Zeit. Mit erstaunlichem beidseitigem Aggressionspotenzial. Ein paar gut gekühlte Drinks aus der Hausbar (oder dem Kasten auf dem Balkon) und Böttcher machte sich einen Spaß daraus, zu vorgerückter Stunde, ansonsten friedliebende Mitbürger solange aus der Reserve zu locken, bis sie bereit waren, die Ärmel hochzukrempeln und sich mit ihm zu prügeln. All die Innuendos, *backward tapes* und Selbstreferenzen, philosophierte Böttcher, das musste ja nach hinten losgehen, zumal bei einer Generation, die ungefähr so verzweifelt nach Antworten suchte wie der Verdurstende nach dem Wasser in der Wüste.

Und dazu auch noch alle voll bis obenhin, mit Amphetaminen und Mushrooms und Maharishi, möchte man ihm beipflichten, dieses eine Mal, dem alten Immerallesbesserwisser. Denn was waren die Neunzehnhundertsechziger anderes als eine Art mikroskopisches, comichaftes, ikonoklastisches Surrogat der Weltgeschichte: Nichts als graue, gutbürgerliche, neorealistische Nachkriegsstagnation (60–62). Plötzlicher Aufbruch (63/64). Hochfliegendste Träume (65/66). Ein bilderbuchblauer Sgt. Pepper-geschwängerter Technicolor-Summer-of-Love (67). Mittelalter, Barock, Aufklärung, Romantik. Im Schnelldurchlauf. Dann die Apokalypse. In zwei schwarzen, zerschossenen, egotistischen, drogenverseuchten Jahren (68/69) geht alles vor die Hunde. Die freundlichen Irren und Gipfelstürmer, die spätestens anno 65 die Anstalt oben auf den Hügeln im Handstreich übernommen hatten, liegen drogenvernebelt und erdrückt von ihren Millionenbankkonten im stillen Kämmerchen des Westflügels ihrer 38-Zimmer-Villa vor den Toren Londons oder LAs, während die wirklichen Irren draußen vor der Tür die Fenster einschlagen und das Kommando übernehmen. Mit den besten frommen Wünschen der Regierung und perfekt gefälschtem Diplom in der Tasche. Pathologie: James Earl Ray. Sirhan Sirhan. Alan Passaro. Deutsches Know-how: Josef Bachmann und Andreas Baader. Anstaltsleitung: Dr. M. D. Charles M. Manson. Eine vielköpfig bunte Schar, die uns über zwei Jahre hinweg schaurig schön zur besten Sendezeit unterhält. Kurze Werbepause, dann ab zu den Nachrichten: In Washington D. C., nur vier Jahre zuvor triumphaler Schauplatz hochhängender Bürgerrechtsbewegungsträume (»I Have a Dream!«), schießt die Polizei auf schwarze Demonstranten, in Paris knüppelt die Staatsmacht Studenten zusammen, in Prag rollen russische Panzer ein, in der Frankfurter Innenstadt gehen Brandsätze in Kaufhäusern hoch und irgendwo im orangefarbenen südostasiatischen Dschungel bekriegen sich Charlie und Uncle Sam im absurdesten, hässlichsten und grausamsten Gemetzel der Nachkriegsgeschichte bis aufs kommunistisch-kapitalistische Blut. *Apocalypse Now!*

John Lennon war das alles mehr oder weniger egal. Noch hatte Yoko das Regiment nicht übernommen, und Lennon, dessen überbordende Fantasie sich aus einem Gefühl totaler, exzessiver Einsamkeit und Ablehnung speiste (ein Gefühl, das auch die glühende Liebe von Millionen nicht lindern konnte), lebte seinen letzten großen Kreativitätsschub aus, weit weg von allem, in Indien, wo die Beatles, immer und allen einen Schritt voraus, Anfang '68 ein paar Monate bei makrobiotischer Ernährung und Meditation ihrem eigenen Ende zuvorzukommen versuchten. Vergebens, wie wir heute wissen. Kaum aus der trügerischen Idylle zurück in die weltliche westliche Welt geworfen, traf man sich, angetrieben von Beatle Paul, der die Fab Four aus panischer Angst, die Band könnte sich trennen, unaufhaltsam in die Trennung trieb, zur Aufnahme des Nachfolgewerks der Apotheose der 1960's: »Sgt. Pepper« ist ein Jahr jung und doch so alt, wie ein klassizistisches *Magnum opus* nur sein kann, in jenem unheilschwangeren Sommer 1968, als die Band in den Abbey Road Studios (nur wenige Meter vom Zebrastreifen entfernt) ein Werk aufnimmt, das, ganz im Gestus des rasanten Zeitenwandels, von unseren Helden schlicht und ergreifend »The Beatles« getauft wird, uns allen, seines schlicht und ergreifend blütenweißen Covers wegen, vom ersten Tag an jedoch nur als »The White Album« bekannt ist.

Ein Werk, das krude Theorien gebiert. Vom ersten Tag an. Von Manson bis Böttcher. Ein zerschossenes, drogenverseuchtes, egotistisches Album, vier LP-Seiten lang, das vom Licht des ersten zarten sommerlichen grillenzirpenden Morgens nach der Landung an den Gestaden einer vermeintlich besseren Welt nach und nach ins schwarze Nirwana der spätkapitalistischen Apokalypse abkippt. Vor unseren Augen zersplittern die vier unzertrennlichen Helden im Spiegel unserer Seele in tausend eisige Schneeköniginnenkristalle. Und mit ihnen eine ganze Generation. Und mit ihnen ein ganzes Jahrzehnt.

So groß ist die Dunkelheit, auf Seite 3 und 4, dass ich als Kind Licht machen muss, um aushalten zu können, was ich, ganz fasziniert von so viel Grauen, höre. Und dann hilft nicht mal mehr die Nachttischlampe und »Revolution #9«, Lennons klaustrophobische collagenhafte Wachtraum-Symphonie der Reaktion und Gegenreaktion, Realität und Gegenrealität, die McCartney bis zuletzt versucht vom Album zu vetoen, beendet alles, was je an Illusion verkündet wurde von unseren vier Aposteln der Sonne und des Friedens und der Freiheit und des Triumphs von Humor und Geist über den ganzen üblen mittelmäßigen *MOR*-Mainstream der Welt. Das alles ziemlich genau ein Jahr vor meiner Geburt, eines schönen »Abbey-Road«-Cover-mäßigen Augustmorgens kurz nach der ersten Mondlandung.

Mein erster *Beatles*-Hit mit etwa zweieinhalb Jahren: »Hey Jude«. Und auch wenn Lennon glaubte, McCartney hätte den Song für ihn geschrieben, und McCartney glaubte, er hätte den Song für Lennons Sohn geschrieben, so wusste ich es doch besser, vom ersten Hören an, obwohl ich kein Wort verstand und mich nur an den Lauten entlanghangelte beim Singen: Dieser Song war für mich geschrieben worden, der ich die Last der Welt nur allzu sehr auf meinen Schultern spürte und mich nach Erleichterung und Kontemplation nur so verzehrte in dieser faden und rätselhaften und zum Tode langweiligen Erwachsenenwelt. Und war das, liebe Fangemeinde, nicht die große Qualität unserer geliebten Fab Four? Uns Dinge über uns zu sagen, auf anrührende und komische und mitreißende Weise, die wir nie selbst hätten sagen können. Von Kollektiv zu Kollektiv sozusagen. Und ist dies nicht das, was alle große Kunst ausgemacht hat, in allen Jahrhunderten? Und brauchen wir nicht, wie die Dichterin schreibt, Geschichten zum Leben? Schöne, runde, auskomponierte Geschichten mit einem Anfang und einem Ende und wiederkehrenden Motiven und Schlüsselszenen und einem Mark-Chapman-Revolver, der auftaucht im zweiten und losgeht im fünften Akt?

Nur dass sich das Leben, das sich als eine fein ausgeklügelte, romanhaft logische Abfolge sprachlicher, inhaltlicher und dramaturgisch wirkungsvoll in Szene gesetzter Muster gestalten sollte, nach und nach als elliptische, fragmentarische und vollkommen zusammenhanglose Ansammlung von Schnappschüssen entpuppt. Bis alles in einem nahezu geräuschlosen Gewitter von Blitzlichtern kulminiert. *The ultimate cutting room experience.* Und ich mittendrin. Wie der *Vacuum-Cleaner* in »Yellow Submarine«, der wahllos alles, aber auch alles aufsaugt: Menschen, Häuser, Vögel, Farben, die Welt, das All, die Beatles und am Ende sich selbst. So wie ich aufsaugte, gewohnheitsmäßig, von klein auf, was es an Irrlichterndem in der Welt gab. Die Launen meiner Mutter. Die Tiraden meines Vaters. Die ganzen unverständlichen Worte und Handlungen und Geheimnisse von Bekannten und Onkels und Tanten und nahen oder entfernten Verwandten. Die rot-weiß-schwarzen Fahndungsplakate an allen öffentlichen Schaltern und Plätzen. Das Schweizer Klappmesser in der Hand des Achtklässlers, der mir mein Taschengeld abnahm, am Morgen auf dem Weg zur Schule. Und mir in die Eier trat, wenn ich am Boden lag. Den Kopf in wohlig verdämmerten Lennon'schen Tagtraumwolken, um den Schmerz erträglich zu machen. Der geborene Träumer, wie meine Tante Minnie mit ihrem schweren amerikanischen Akzent zu sagen pflegte: Zu viel Fantasie und zu wenig Realitätssinn. Was vielleicht sehr viel enger miteinander zusammenhing, als Tante Minnie je wahrhaben wollte.

Also zog ich los, gelangweilt von der Welt und ihren fadenscheinigen Versprechungen, in der Nacht, schlaf-wandlerisch, wie Jack the Ripper, dessen pockennarbiges verunstaltetes Gesicht ich im Vorabendprogramm gesehen hatte, bewaffnet mit Schere und Taschenlampe und Feuerzeug, immer auf der Suche nach einem Nach-barsgarten, einem Blumenbeet, das sich plündern, einem Tierkäfig, der sich öffnen ließ, einem Benzinkanister in einem unverschlossenen Schuppen, einer angelehnten Terrassentür, einem Wohnzimmer, in dem die Eltern schnarchend vor dem Sendeschlussbildschirm saßen, während ich im blau und grün schimmernden, unwirkli-chen Licht des Kinderzimmers das Wasser aus Aquarien trank, die beflissene Bürgerkinder ihren Müttern und Vätern abgerungen hatten, um etwas im Leben zu haben, das ihnen gehörte. Die nichts wussten von Charles Manson und »Revolution #9« und *Abba* hörten, bestenfalls, und Schlager und was es sonst noch gab an erbärmlichem Dreck in den Siebzigern, die nichts anderes waren als ein langer, nikotinverhangener, kokaindurchsetzter Kater nach der großen Party.

1976 gründet Steve Jobs eine Firma, die denselben Namen trägt wie das Label, das die *Beatles* 1968 gegründet hatten, um sich unabhängig zu machen vom Establishment. Totale Ignoranz oder totale Hybris. Auf Jobs Seite. Wie bei jeder Sekte. Dann die Achtziger. John Lennon wird erschossen. Und sonst? Kokain. Kalter Krieg. Compact-Discs. Dann die Neunziger? Kokain. Kobalt. Kassiterit. Der Rest ist Selbstreferenz. Backward Tapes. Und Innuendo.

Symposion. »In Freiheit bejahen, was unweigerlich zum Leben dazugehört: Abschied, Angst, Kummer, Schmerz, Tod.« Dies die Schlussworte in Ana Ardens Abschiedsbrief, dem letzten in einer Reihe von zehn oder zwölf. Woher ich wusste, dass es der letzte war? Weil ich ihn auf Knien vom Boden auflas, vor dem Klo, nachdem sich der Klebestreifen, mit dem sie ihn befestigt hatte, im Dunst ihrer letzten Dusche vom Badezimmerspiegel gelöst hatte. Soweit zur Form. Was den Inhalt angeht: Nicht eben leicht, in Freiheit ein Leben zu bejahen, das ganz und gar von Ana bestimmt war. Mit allem, was dazugehörte: die pollenschweren Sommer, die wir uns am Abend gegenseitig von der Haut duschten, die winterlichen Wochenendausflüge in still verwunschene Hotels an Nord- oder Ostseeküste, der Osterurlaub im schottischen Hochland, um zu retten, was nicht zu retten war. Stumm vor uns hin frierend saßen wir da, bei Regen und Sturm in unserem Bed-and-Breakfast mit Blick auf die schneebedeckten Berge und dachten zurück an unsere Anfangstage, mit Zungenküssen in Anas Zimmer, die Köpfe zusammengesteckt bis zum Blackout, in einer rotblau karierten *Karstadt*-Plastiktüte. Dem ersten Cunnilingus (wie Ana es gewohnt sachkundig nannte) an der Fensterfront des Appartements mit Blick auf den Hafen, in dem sie alibimäßig einmal die Woche für einen Architektenfreund der Familie putzte. Der rauschenden Millenniumsparty, *à deux,* mit von Ana persönlich kreierten Cocktails, die ausnahmslos Namen berühmter Philosophen trugen. Heidegger: 8 cl *Rüttgers Club*, 3 cl Kirschgeist, 2 cl Kölnisch Wasser, ein Tropfen *Élixier Végétal de la Grande Chartreuse* (69 Umdrehungen) aus den Mönchsklöstern der

Großen Kartause. Für alles hatte Ana ein Rezept im Leben und für alles ein philosophisches Konzept. Mit Ausdrücken wie Dialektik, Dekonstruktivismus und der Welt als Wille und Vorstellung jonglierte sie wie andere Leute mit *explicit parental advisory language* aus HipHop, *HBO* und Hollywood. Platon liebte sie abgöttisch. Schopenhauer zitierte sie in libertinösen Nächten im Mondlicht ihrer geräumigen Studentenklitsche mit gespreizten Beinen auf mir, die milchweißen Arme selbstvergessen hinter dem Nacken verschränkt. Doch mehr als alle anderen liebte sie Nietzsche, mit dessen Konterfei auf dem viel zu knappen T-Shirt sie schon dem Dorfpfarrer beim Konfirmationsunterricht zugesetzt hatte, wie sie im kleinen Kreis nach ein paar Gläschen gern und voller Stolz erzählte. Nur mit Marx hatte sie es nicht. Es machte ihr ein schlechtes Gewissen, wenn sie pünktlich am Monatsersten den Scheck ihres bourgeoisen Stiefvaters kassierte, der ein florierendes internationales Unternehmen im *IT*-Bereich führte.

Für eine Weile verlor ich den Faden, nachdem Ana gegangen war. Ich kehrte aus der Klinik zurück nach einem halben Jahr Traumatherapie unter der Ägide der dienstbeflissenen Frau Dr. Marslinger. Zog die Vorhänge zu. Trank zuviel. Sah die Welt die Farben verlieren, bis alles in einem bleischweren, selbstmitleidigen Grau versank und ich kaum aus dem Bett kam, am Morgen, am Mittag, am Nachmittag, und mir Vorwürfe machte: Klar, dass Ana sich einen anderen suchte, mit festem Job und einer festen Sicht auf die Dinge, einem philosophischen Konzept vielleicht, das über das hinausging, was ich ihr zu bieten hatte. Peripatetisch hatte Anna es genannt. Und nach einer Kunstpause hinzugefügt: wohlwollend betrachtet.

Schließlich raffte ich mich auf und kündigte die Wohnung, schriftlich, mit endloser Mühe, weil das Schreiben mir noch immer schwerfiel, und machte mich auf die Suche nach einer neuen Bleibe, die ich fand, auf den letzten Drücker, etwa zwei Wochen vor Ablauf der Kündigungsfrist, per Zufall, unten am Hafen. Ich nahm meinen Mut zusammen und sprach einen vierschrötigen Zimmermann an, der dabei war, eine Anrichte auf einem Anhänger zu verschnüren. Es stellte sich heraus, dass der Mann seine Werkstatt aufgab, um in sein Heimatdorf an der Küste zurückzukehren. Kannst die Bude haben, sagte er, bis auf den Schuppen, weil da mein Boot drinsteht. Ist etwas dunkel da unten und ziemlich zugig im Winter, aber nicht ungemütlich, wenn die Elbe an Deinen Fenstern leckt, der Ofen bullert und Du es Dir mit einem Mädchen und einer Flasche gemütlich machst. So zog ich um: eine Tageskarte, drei Bahnfahrten, hin und zurück, ein Haufen Plastiktüten, den Gitarrenkoffer und etwas Krimskrams. Den Rest transportierte ich im Taxi: vier Kartons mit Klamotten, ein paar Bücher, Platten, Gläser, Geschirr, Besteck. Verfluchte Ana Arden, die mir wenigstens ein Bild von den Kindern hätte lassen können. Und doch fand ich Gefallen an meinem neuen Zuhause – einem kalten L-förmigen Souterrainraum mit Waschbecken, Ofen und einem Klo auf dem winzigen Hinterhof. Ich ging an Hafen und Strand spazieren, sammelte Treibgut, kaufte ein paar zur Kulisse passende Seemannsdevotionalien bei einem

russischen Trödler auf der anderen Seite des alten Elb-
tunnels und dekorierte die Wände damit: Kompass, Kapi-
tänsmütze, eine Miniaturkanone. Ich richtete mich ein in
meinem Reich, fest entschlossen, dem Winter zu trotzen,
der eisgrau und wolkenschwer über dem windzerzausten
Wasser heraufzog.

Diese Maschine killt Kapitalisten! Nach ein paar Wochen Party mit mir selbst, in den aquariumhaften Tiefen meiner winterfest verbarrikadierten Souterrainwohnung unten am Hafen, entdecke ich zwischen all den Flaschenreihen und durchgefetteten Pizzakartons etwas, das mir bekannt vorkommt. Ziehe das Ding aus dem Gerümpelhaufen hinter dem Sofa hervor, blase den Staub von der Oberfläche und setze mich auf eine der vier umgekippten Orangenkisten, die ich am Elbstrand gefunden habe. Betrachte das Ding. Eine ganze Weile. Als wäre es ein Wesen aus einer anderen Zeit. Dann entschließe ich mich, etwas zu tun, was ich seit Wochen nicht getan habe. Lehne das Ding gegen das Sofa und mache mich auf den Weg. Über den Flur. Langsam und immer dicht an der Wand entlang. Bis zum Badezimmer, wo ich Licht mache und mich im Spiegel betrachte. Nichts als eingefallene Haut, hervorstechende Wangenknochen und ein Paar fiebriger Augen über einem wild wuchernden Bart. Ich durchwühle die Schubladen und finde Seife, Pinsel, Becher und die Schere. Wasche und rasiere mich. Werfe die alten Klamotten auf den Berg vor der Waschmaschine und ziehe den guten Anzug an, den Ana mir zur Hochzeit geschenkt hat. Dann nehme ich Platz auf dem Sofa, wiege das Ding im Arm und greife einen ersten, gespenstischen, schaurig verstimmten Akkord. *G7sus4*.

Danach dauert es eine ganze Weile, bis ich den Mund aufbekomme. Und dann noch eine ganze Weile, bis ich mich aus dem Haus traue. Ich nehme die Gitarre eines verregneten Novembernachmittags, setze mich in die S-Bahn und fahre die drei Stationen Landungsbrücken bis Altonaer

Bahnhof. Stelle mich vors *Mercado*, den alten abgewetzten schwarzen Protestsängergitarrenkoffer aufgeklappt vor mir auf dem alten abgewetzten roten Fußgängerzonenboden, und spiele, was mir in den Sinn kommt. Erfülle Wünsche der Passanten. Beatles, Stones, Dylan. Der klassische Straßenmusikersongwriterkanon. Nur dass ich mich weigere, standhaft, in den klassischen Straßenmusikersongbookkanon einzustimmen. Kein »Let It Be«, kein »Wild Horses«, kein »Blowin' In The Wind«. Spucke stattdessen Dylans beseelte Anti-Hymne »Positively 4th Street« in den wolkentreibenden Vorweihnachtshimmel und singe »Sexy Sadie«, John Lennons flirrend bittersüßen Abgesang an alle ewigen Summer-of-Love-Apostel – ein Meer aus ewig mäandernden Akkorden, das müde an einen morgendlichen kalifornischen Strand geworfen wird, hinter dessen dunstigen und drogenverhangenen, von makrobiotisch wertvollen Algen umspülten Dünen Charles Mansons Family, die *Hells Angels* im Schatten der Tribünen des Altamont Race Track und, noch sehr weit entfernt, Lennons persönlicher Apostel des Todes Mark David Chapman lauern, um jedwede Unschuld für alle Zeiten zu Grabe zu tragen. Bei Wind und Wetter stehe ich dort vor der Shopping Mall und verdiene nicht schlecht dabei. Hin und wieder kommt ein Mädchen vorbei und steckt mir sehr old-school-mäßig Kassetten zu, mit Songs, immer einer pro Tape, deren Titel wie Schlachtrufe klingen, sich am Abend zuhause beim Hören jedoch als ebenso wunderschön erweisen wie das Mädchen selbst: »I'll Never Be Anybody's Hero Now«!, »Pedestrian At Best«!, »Let's Not Fall In Love«!, »I Am Trying To Break Your Heart«! Ich lerne die Songs, einen nach dem anderen, und singe sie, wenn sie das nächste Mal vorbeikommt. Zum Nikolaus schenkt sie mir einen selbstgebackenen Lebkuchenmann, dem ein Ohr fehlt. An Weihnachten lädt sie mich ein, einen Kaffee mit ihr trinken zu gehen. Sie heiße Vivi, sagt sie am Silvestermorgen, und küsst mich auf die Wange.

★. Der Tod ist eine schwarze Amazone. Mit schwarzen Knopfaugen auf weißem Grund. Ich sehe ihn/sie auf dem Weg nach Hause, 78 Euro 57 in der Tasche, der Tagesverdienst von sechs Stunden, auf Großbildleinwand, gestochen scharf und ohne Ton, am Fuße der Rolltreppe des *Media Markts* im Altonaer Bahnhof. Etwas geschieht mit mir. Ich nehme die Rolltreppe, passiere das stoisch dreinblickende Sicherheitspersonal am Eingang und betrete die Hölle, Höhe siebter Kreis. Schnappe mir den erstbesten Azubi im roten Polo und frage ihn nach dem Film, der draußen im Kinoformat und hier drinnen an allen Ecken und Enden auf ungefähr zweihundert Flachbildschirmen läuft. Film, sagt der Azubi, was für ein Film? Mit dem Gitarrenkoffer weise ich auf die TV-Türme links und rechts und an den Wänden, die alle das gleiche Bild zeigen: die schwarze Amazone im tonlosen Moment des Ablösens von allem Irdischen. Der Azubi zuckt die Achseln. Alex, ruft er dem Kollegen am CD-Stand zu, was, meintest Du, läuft da für ein Video? Bowie, sagt Alex routiniert gelangweilt, während er einen Stapel der letzten Andrea-Berg-CDs aus einer Plastikwanne fischt. Bowie?, sage ich. Ja, Boh-wie, sagt der Azubi. Auf sehr deutschtümelnde Andrea Berg'sche Weise. Neues Video, sagt Alex. Sollten sich schämen, sowas zu zeigen, sagt die Kundin, die den Tisch mit den Billig-DVDs nach Schnäppchen abgrast, und rückt kopfschüttelnd ab in Richtung Kasse. Blackstar, sagt Alex. Danke, sage ich. Nichts für ungut, sagt der Azubi und sieht beifallheischend hinüber zu Alex, der den Eindruck macht, als würde er in Festanstellung hier arbeiten, seit Jahr und Tag, der fossile Fels in der Brandung, wenn in der Vorweihnachtszeit die Horden hereinbrechen, an hoffnungslos verregneten verkaufsoffenen Samstagnachmittagen, um ihre Liebsten mit den neuesten i-Phones, Pads und Pods zu beschenken.

Also zurück ins *Mercado* (sechster Kreis), die Rolltreppe hinauf bis unters Dach, in die zeitgemäß abgewrackte Bücherhalle mit dem PC, der jedem frei zur Verfügung steht. Und dort, im Dunste der von lesehungrigen Passanten hereingetragenen Dezemberdunstschleier, erlebe ich eine Offenbarung. Gegen alle Gesetze der Wahrscheinlichkeit. Gegen alle Wahrscheinlichkeiten der Popgeschichte, in der jeder Star seine Zeit hat, ein paar wenige Jahre, bevor er verglüht, für alle sicht- und hörbar, am Firmament, um für den Rest seiner Tage als mehr oder weniger rechtschaffene Imitation seiner Selbst die letzten Paragrafen seiner Plattenverträge auszusitzen. Wie David Bowie. Der seine Zeit hatte. In den Siebzigern. Und das von den *Beatles* installierte Pop-ABC der Sechziger umbuchstabierte, bis er es irgendwann leid war und das Pop-ABC der Achtziger auszubuchstabieren begann. Und in einem nicht unüblichen popmusikalischen Schnippchen des Schicksals im selben Moment vom Undergroundsuperhelden zum Weltstar aufstieg, als ihm, wie so vielen anderen seiner Generation, Anfang/Mitte der Achtziger die Inspiration ausging. Der als Imitat seiner Selbst die Neunziger überdauerte, um irgendwann, kurz vor dem totalen künstlerischen Bankrott, zum späten rechtschaffenen Schluss zu kommen, es wäre an der Zeit, sich ein für allemal ins Private zurückzuziehen, um den in den Seventies geschaffenen Mythos nicht dauerhaft vom Sockel zu stürzen, an dessen Fuß ihm Panther, Löwe und Wölfin grünspanübersät, doch ergeben wie eh und je huldigen.

Doch halt!, nein!, der Bowie, dessen Langspielplatten die Freundinnen meiner Mutter auflegten, wenn sie sich selbst verwöhnten, hinter bonbonfarben gestrichenen Hamburger oder Berliner Heroinchictüren, mit allerlei delikatem Spielzeug, teuren Lippenstiften und billigem Sekt und Kaviar vom *Edeka* um die Ecke, während ihre langmähnigen Hippiefreunde, die den *thin white duke* hassten wie die Pest, über eiskalte Februarflohmärkte pilgerten, auf der Suche nach dem neuesten *Can-, King Crimson-, Cream-*Bootleg, dieser faunenhafte, pfauenhafte, frauenhafte Bowie wäre unsterblich geblieben, was immer sich sein Schöpfer (Bowie selbst!) an Gemeinheiten ausgedacht hätte, seinen sphinxhaften Ruf zu ruinieren.

Doch wer, nach drei Jahrzehnten Leerlauf, Stagnation und ausgelutschten Hardrockstadionriffs, wäre in den allerkühnsten feuchtesten Träumen darauf gekommen, dass ER auferstehen würde, phönixgleich, aus den Aschen seiner früheren Inkarnationen, mit einem Song, der einem handstreichhaften pophistorischen Schlussstrich gleichkommt, nach sechs bewegten Jahrzehnten Rock and Roll? Ganz am Anfang der einsamen Straße steht Elvis, vor seinem Heartbreak Hotel, erstes Haus, linke Seite. Danach führt der Weg zu den Sternen. *Beatles.* Bob Dylan. Bolan. *Blondie. Smiths.* Prince. Kurt und Kanye. Am Ende des Weges steht der schwarze Stern. Mit seinem einzigen ewig einsamem Bewohner. Der schwarzen Amazone. Dünn und weiß unter dem divenhaften Gewand. Narzisstische Strippenzieherin hinter den Kulissen des schwarzen Todes. Manets letztem Gemälde entsprungen, das dieser nie fertigstellte, weil sich die Amazone aus dem Bild herausbewegte, auf ihn zu, und nein!, und ach!, und Tod! und Teufel!

Und doch liegt Trost in alledem und nicht alles ist nur Schmerz und Verzweiflung und ewiges Schmoren in *Media Markt* oder *Mercado*. Es ist licht dort, in der Finsternis. Im schwarzen Todesloch des schwarzen Planeten. Es ist Licht dort. Und ich weine, zum ersten Mal seit werweißwievielen Jahren, als Bowie, der immer groß war und Ehrfurcht gebietend und bedeutend, ein Jahrzehnt lang, doch niemals irgendjemanden zu Tränen rührte, die Stimme erhebt: »Something happened on the day he died«, singt er, majestätisch, seinem allerersten Alter Ego wiederbegegnend, dem ziellos und zeitlos im Universum dahintreibenden Astronauten Major Tom, ikonischer Held eines anderen Songs, aus einem anderen Zeitalter, Herbst 1969, dem Jahr meiner Geburt. Und alle Kreise schließen sich und mein übervolles Herz läuft über, mitten in der altehrwürdigen, heruntergekommenen Shopping-Mall-Bibliothek. Echte salzige, warme, brennende Tränen tropfen auf die speckig angelaufene Neunziger-Jahre-Tastatur.

Keine drei verkaufsoffenen Samstage, vier Adventssonntage, einen Heiligen Weihnachtsabend und eine unheilige Silvesternacht später ist David Bowie tot. Die Damen weinen, hinter verschlossenen weißgestrichenen Altbaueigentumswohnungskastentüren. Die Herren bestellen pflichtschuldig den letzten *Best-of*-Sampler bei *Amazon,* um ihn pflichtschuldig der alphabetisch sortierten CD-Sammlung beizufügen. Auf den Coffee Tables der libertinösen Berliner Scheunenviertelschickeria entstehen erste Entwürfe für Coffee-Table-Books über Bowies berühmt-berüchtigte Berlin-Phase. Anton Corbijn erkundet den Mauerweg, um erste Eindrücke zu gewinnen, für einen scharf konturierten s/w-Film, der Bowie und Iggy Pop beim Heroinschnupfen auf den Rücksitzen ihres */8ers* im Schatten der Hansa-Studios zeigt. Und dort, wo eben noch die schwarze Amazone war, mit Zylinder, Handschuh und Reitstock, auf Manets letztem Gemälde, im Kunstmuseum Villa Flora zu Winterthur, ist – nichts. Nur ein ewig verwaschener blassgrüner Frühlingshimmel und zwei Knopfaugen auf weißem Grund.

Träume in der Nacht zu Neujahr. Zusammen hocken wir in einem Nischenplatz am spätweihnachtlich mit Schneeflocken und Eisblumen bemalten Fenster in dem kleinen überfüllten französischen Café im Schatten der Shopping Mall und sehen hinaus auf das bunte Treiben in den belebten verregneten Straßen. Vivi bestellt Café Creme für uns beide und einen süßen Kringel, der über und über mit Puderzucker bestäubt ist. Sie tunkt den Kringel in den Kaffee und erzählt mit vollem Mund von den unerledigten Aufträgen, die sich in ihrer Schneiderwerkstatt stapeln, dem Stand ihrer Silvestervorbereitungen (Tischfeuerwerk, Knallbonbons, Eisvögel, Luftschlangen, Hexentreppen, Raketen um Mitternacht, das ganze Programm) und ihrem lang gehegten Wunsch, die Jahreswende am Kinnarodden zu verbringen, dem nördlichsten Punkt des Nordkaps. Mein größter Traum, sagt sie, seitdem ich als Kind die Schneekönigin gelesen habe. Und eine Schneekönigin ist sie selbst, mit ihrer weißen Pudelmütze und dem Schneeflockenbommelschal und dem Schnurrbart aus Puderzucker und einem goldenen Herz, dort, wo im Märchen das Eis funkelt, voller Liebe und Güte und Wärme. Und Du?, fragt sie und nimmt meine Hände. Mal sehen, sage ich und sehe sie an. Wir könnten zusammen feiern, sagt sie vergnügt und zwinkert mir zu. Nur leider geht das nicht, sagt sie, im selben Atemzug, enttäuscht wie ein Kind, und stopft das letzte Stück Kringel in den Mund, weil ich sonst Ärger bekomme mit meinem Freund. Sie rollt die Augen. Du hast einen Freund?, frage ich, und mein Herz rutscht ein Stück Richtung Magengrube. Ja, sagt Vivi und sieht mich an, als wolle sie sagen: Wusstest Du das nicht? Seit siebzehn Jahren, sagt sie und ihre Stimme klingt müde, zum ersten Mal seit ich sie kenne. Na, macht nichts, sagt sie, vielleicht können wir nachfeiern, mit einem Glas Sekt und einem Krapfen, nächste Woche, unten am Hafen.

Und tatsächlich träume ich davon in der Nacht, nach dem großen Feuerwerk, allein zuhause auf meiner Matratze zwischen den Orangenkisten, Musikinstrumenten und Seemannsutensilien: Vivi und ich, auf Schlittschuhen, Kreise ziehend auf dem zugefrorenen Fluss, Vivi und ich beim Picknick, im Schnee, am Strand. Wirbelnde Flocken, eiskalter Sekt aus Plastikbechern, die wir heben, um den Tankern zuzuprosten, die einlaufen aus dem hohen Norden, dort, wo das Polarlicht Tag und Nacht so verheißungsvoll funkelt und glitzert und glänzt, dass man nicht umhin kann, mit ihm verschmelzen zu wollen, in einem süßen ewigen Winterschlaf. Dann schiebt Vivi mir das letzte Stück Krapfen in den Mund und die warme Marmelade tropft mir das Kinn hinunter. Vivi macht Anstalten, die Lippen auf meine zu legen, um das Rote abzulecken, doch ist das keine Kirschmarmelade, was dort in den Schnee tropft, sondern Blut, warm und dampfend in der Eiseskälte, und dort, wo eben noch Vivi war, ist nichts als ewig verlassene windheulende Ödnis vor hoffnungslos zur Kulisse geronnenem Hafenindustriegrau.

Shanzhai. War zu lange weg von der klassischen kanonischen Bilderbuchbildungsbürgerkarrierekacke. Ausstellungen, Lesungen, Previews, Premieren, Konzerte, Vorträge, Vernissagen. Berge von Bahnhofsbuchhandlungsromanen, denen man alles nachsagen kann, nur nicht, dass sie uns auf irgendeine zeitlose Weise zeitlose Geschichten vom und zum Leben erzählen. Geschweige denn vom und zum Überleben. Von *Rolling Stone* und Robert Christgau als historisch wertvoll rezipierte Alben in re-re-remasterter *expanded collector's item edition* im luxuriösen 6-CD-Boxset mit immer neuen Outtakes, Demos, Alternativfassungen, Linernotes und einer Pappreplik der Pappgimmicks der Originalvinylversion. Bis nichts von dem noch irgendetwas mit dem zu tun hat, wofür es irgendwann einmal erdacht worden war, und jede noch so dreckige, dreimal versaute Anti-Establishment-Garagenpunk-Geste ins Gegenteil dessen verkehrt worden ist, wofür sie einst stand. Abgehalfterte Rocker mit Bierbauch und Haarausfall raufen sich zusammen für einen vermeintlich letzten warmen Geldregen und gehen mit den letzten überlebenden Mitgliedern ihrer pseudo-legendären Ex-Band auf Farewell-Tour, um ihr pseudo-legendäres Kult-Meisterwerk aus den späten Sechzigern, mittleren Siebzigern, frühen Achtzigern, you name it, so werk- und tongetreu wie möglich nachzuspielen. In historischer Aufführungspraxis. *Fleetwood Macs* Vierte, Frankfurter Ausgabe, fucking *Pink Floyds* fucking Fünfte, *Led Zeppelins* Sechste, »Pathétique!«, im Fußballstadion oder angrenzendem Mehrzweckmultiplexbau, der den Namen des Energieversorgers trägt, der die vier AKWs betreibt, die die Stadt in allen vier Himmelsrichtungen wie

Fanale umstellen. Bands, deren Singles der geneigte drogenvernebelte Fan in den goldenen Siebzigern nicht mit der Kneifzange angefasst hätte, weil sie bourgeoiserweise im Radio liefen, und Bands, um deren Seventies-Alben das Radio einen fein säuberlich öffentlich-rechtlich abgezirkelten Bogen machte, weil sie zu gegenkulturell verdrogt waren, werden zu gleichberechtigten Teilen Teil des *Classic-Rock*-Kanons und erhalten ehrenvoll Aufnahme in der *Rock-'n'-Roll-Hall-of-Fame*, deren Existenz an sich einem fatal unaufgelösten Widerspruch entspringt. Womit wir postwendend wieder in der Bahnhofsbuchhandlung wären: Welcher Roman von belletristischer Bedeutung ist heute noch hochindividuell? Wer, abseits einer kleinen, privilegierten, im eigenen Saft vor sich hin schmorenden, ewig gestrigen Elite oben auf den Hügeln, entscheidet heute über Perspektiven? Der einzige Trost bei der Sache: Das Ganze hat sich so gründlich überlebt, dass es, sämtlichen selbsternannten Literaturpäpsten zum Trotz, verschwinden wird von diesem einsamsten aller Planeten und schon im Begriff ist zu verschwinden, in haptischer, digitaler und sonstwelcher Form, wie die Dinosaurier verschwunden sind vor ein paar lausigen Millionen Jahren. Nur dass es keinen Kometen brauchen wird, im für jeden sichtbar durchkapitalisierten und subtil durchzensierten Zeiten- und Zeichenwandel, in dem nichts ist, was es zu sein beabsichtigt, auch wenn es noch so danach aussieht. Shanzhai, nennt das der geneigte und hochstudierte angehende TV-Wirtschaftsexperte, der seit der Schulzeit kein Buch mehr angefasst hat und vom *Kapital* nur die Zusammenfassung auf *Wikipedia* kennt. Und selbst ich, der ein Buch, ein Bild, einen Film, einen Song jederzeit für wirklicher gehalten hat als jede persönliche, mediale oder museale Wirklichkeit, habe den Glauben an die Kunst verloren. Oder vielmehr: den Glauben an ihre Deutung. Fing an Bögen zu machen, unmerklich, um Museen, Theater, Kinosäle. Verramschte und verschenkte, was nicht zeitlos geblieben war jenseits jedes persönlichen, medialen oder musealen Overkills, und lernte auszukommen mit nicht mehr als einem Dutzend Bücher, zwei Siebdruckfetzen an der Wand und einem Haufen Schallplatten, der jahrelang vor sich hin staubte, nachdem ausgerechnet Böttcher mir kurz vor dem Split von einem Trip nach Damaskus ein gefaketes Markenkassettendeck mitgebracht hatte. Samt einem Schwung gefaketer Markenkassetten, die ich bis zum Exzess durchnudelte. Ausschließlich Shanzhai. Und ausschließlich HipHop. Word Up!

Beverly Hills. Nichts im Leben zehrt so an den Nerven wie der Monat April mit seinen vorsätzlich falschen Frühlingsversprechen, plötzlichen Schauern und eisblauen Himmeln, an denen arktische Winde schmutzig zerrupfte Wolkenfetzen vor sich her jagen, als wären sie Vieh für die Schlachtbank. Also packe ich meine Gitarre, nehme meinen Koffer und trolle mich nach Haus. Durchgefroren. Durchgepustet. Nass bis auf die Knochen. Eine Weile lebe ich vom Ersparten. Mache lange Spaziergänge und entdecke die Stadt neu. Ich helfe alten Damen über den Zebrastreifen, halte meinen Mitbürgern die Tür auf und winke zurück, wenn Schulklassen im Bus vorbeifahren und Kinder mir mit an der Heckscheibe plattgedrückten Gesichtern den Mittelfinger entgegenrecken. Ich treibe mich in den Elbvororten herum, eines Nachmittags, westlich der Autobahn, wo die Uhren anders als anderswo ticken, wie ich von früheren Besuchen weiß. Kilometer um Kilometer villengesäumter Alleen bis raus nach Blankenese, dem Beverly Hills der Hamburger Westside. Alles noch eine Spur hanseatischer. Vermögender. Dünkelhafter. Zugeknöpfter. Mehr Haus. Mehr Garten. Mehr Personal. Mehr Aus- und Anbauten. Mehr Banker, Broker, Immobilienmakler. Mehr Geländewagen. Mehr Zweit- und Drittgeländewagen. Mehr von allem. Nur dass all das Aus und An und Zweit und Dritt, wie ich beim Streunen durchs Gelände feststelle, inzwischen so überhand genommen hat, dass es kaum mehr ein Durchkommen gibt in den schmalen Straßen des malerischen, in bester Südlage flussabwärts am Hang gelegenen Vorzeigeviertels. Aus einer Laune heraus pflücke ich den Aushang von einem der 19. Jahrhundert-Laternenpfahlimitate unten am Strandweg:

Delikatess Gebr. Wanka
Lieferant gesucht!
Mo.–Fr.
Interessenten melden sich bei: Herrn Horandt
Tel. 040 – 88 99 66 14

Sondiere meine Optionen, für einen Moment, auf der dunkelgrün gestrichenen Bank direkt am Strand, neben einem alten Mann, der unbewegt aufs Wasser starrt. Dann dreht er den Kopf plötzlich, sehr langsam, und nickt mir zu. Keine leichte Klientel hier, sagt er. Ja, sage ich und blicke auf den Aushang in meinen Händen. Viel Prominenz in Blankenese, sagt er. Ja, sage ich. Doch kaum jemand, der je irgendetwas wirklich Nachhaltiges in die Welt getragen hätte. – Mit Verlaub, sage ich, da muss ich widersprechen –

Marie. Für eine Weile hatte meine Mutter genug vom Leben auf dem Land, den Alkoholexzessen meines Vaters, dem ewigen Gestank der Hinterlassenschaften der Kuhherden, die Tag für Tag durchs Dorf getrieben wurden. Mit Berger, einem Möchtegernkünstler aus dem Nachbarkaff, der mit Vorliebe über Brecht, Hesse, Jacques Derrida und *Perry Rhodan* dozierte, ganze Passagen aus *Herr der Ringe* auswendig hersagen konnte und sich in naiver Malerei erging, zog sie den Sommer über in eine Wohnung in der Stadt. Dort gab es keinen Platz für mich. Meine Mutter sagte, sie müsste die Lage sondieren und würde mich nachholen, sobald sich die Gelegenheit fände. Alles Ausreden, sagte mein Vater, Deine Mutter will in Ruhe ihren Maler vögeln, das ist alles. Er nahm die Sache pragmatisch: Lass sie sich eine Weile austoben mit ihrem Suppenkasper, und sie wird wieder zurückkommen. Ganz so sicher, schien mir, konnte man sich da nicht sein. Und außerdem sehnte ich mich nach der Mutter. Als sie dann erschien, eines Tages, wie aus heiterem Himmel, um mich übers verlängerte Wochenende abzuholen, war es um den Pragmatismus meines Vaters geschehen. Er ging Berger an den Kragen und schlug meiner Mutter ins Gesicht, während ich mich auf die Rückbank des Autos flüchtete. Auf der Fahrt in die Stadt wurde mir klar, dass mein Vater in einem Recht hatte: Berger war eine Witzfigur, die obendrein ziemlich genau so Auto fuhr wie sie malte. Mit großer Geste, aber ohne jede Linie. Denn das musste man dem Vater immerhin lassen: Auch mit eineinhalb Promille fuhr er formvollendet und so verlässlich wie ein Uhrwerk.

Die Wohnung in der Stadt war riesig, spärlich möbliert und voller Leute. Kommen und Gehen. Matratzen auf den Böden. Schallplatten in Klappcovern mit nur einem Song pro Seite. Seltsam süßlich riechende Zigaretten. Katzen, die überall hinschissen. Das Beste an der Sache waren der Garten, der sich selbst überlassen blieb, und die Kammer hinter der Küche, in die ich mich zurückziehen und Comics lesen oder mit den Cowboyfiguren spielen konnte, die mein Vater in einer großen Tüte vom Flohmarkt angeschleppt hatte. Am Sonntag kochte meine Mutter für alle, die vorbeikamen, ganz wie auf dem Lande. Braten, Kartoffeln, Gemüse, Soße. Ich saß mit dem Rücken zur Tür und stocherte in den Erbsen herum, als die ganze versammelte Gesellschaft plötzlich verstummte. Dann ein verlegenes allgemeines Hallo, das wie ein mehrstimmiges Räuspern klang. Jemand sprang auf, um die Eintreffenden zu begrüßen, und schmiss seinen Stuhl dabei um. Sie waren zu zweit. Ein Mann in Lederjacke, mit strähnigem Haar und mahlenden Kiefern. Und die schönste Frau, die ich je gesehen hatte. Marie. Meine erste Liebe. Auf den allerersten Blick. Geheiligtes Modell, an dem sich alle folgenden zu messen hatten. *La belle dame sans merci.* Denn das war sie: schön. Und gnadenlos. Ohne mit der Wimper zu zucken schob sie mich von sich, als ich mich ihr zaghaft zu nähern versuchte. Ignorierte mich beharrlich, in den zwei Nächten ihres Aufenthalts. Schwieg eisern. Oder redete wie ein Wasserfall, nach ein, zwei Gläsern Rotwein, von Dingen, von denen ich nicht das Mindeste verstand. Marxismus. Leninismus. Imperialismus. Kapitalismus. Faschismus. Wie manisch wirkte sie in ihrem Gebrauch all dieser Wörter, die ich noch nie im Leben gehört hatte.

Als säße ein Sklaventreiber in ihrem Kopf, der sie zwang zu reden und zu reden und zu reden, bis sie vollständig leer und keine einzige Silbe mehr in ihr war und sie die Mutter nach Tabletten fragte, gegen die rasenden Kopfschmerzen. Nur einmal nahm sie mich wahr. Am Morgen, an dem sie verschwand. Für immer. Aus meinem Leben. Wie eine Hexe sah sie aus, als sie aus dem Bad kam, mit ihrem in alle Richtungen abstehenden rabenschwarzen Haar und der Schere in der Hand, und fragte, ob ich wüsste, wo es in der Wohnung einen Föhn gäbe. Sie ging in die Hocke und strich mir das Haar aus der Stirn. Wie heißt Du?, fragte sie. Leon, sagte ich. Schöner Name, sagte sie. Und umarmte mich. Ich sog ihren Geruch ein – nasse Haare, nasse Haut und ein billiges Apfelshampoo – und war kurz davor, ihr zu sagen, dass ich sie liebte und sie glücklich machen wollte, weil sie doch so unglücklich zu sein schien, als der Mann in der Lederjacke in der Tür stand. Mit selbstgedrehter Zigarette im Mundwinkel und Feuerzeug in der Hand. Marie, kommst Du?, sagte er, und es klang wie ein Befehl und nicht wie eine Frage. Marie nickte und stand auf.

Ich sah sie abfahren, in ihrem unscheinbaren Allerweltsauto, das mein Vater, so wusste ich, aus tiefstem Herzen hassen würde. Spießbürgerkarre, würde er sagen. Am liebsten hätte ich ihn angerufen und ihm alles erzählt. Doch wusste ich, er würde mir nicht zuhören, vor versammelter Mannschaft am Wandtelefon seiner Familienküche. Und was hätte ich ihm auch sagen sollen? Dass ich, ein Dreijähriger, eine Frau liebte, von der ich wusste, dass ich sie nie wiedersehen würde. Doch lief ich ins Bad, nachdem der Wagen den Hof verlassen hatte, und sah Maries Locken im Waschbecken und sah meine eigenen braunen sich mit ihren schwarzen vermischen. Bis Klaus ins Bad kam (der bald darauf mein Stiefvater werden sollte), nackt bis auf die Unterhose, und mir die Schere wegnahm.

Zum Glück sollte der Vater Recht behalten. Am Ende des Sommers kehrte die Mutter zurück ins Dorf. Zusammen mit dem Vater fuhren wir in die Stadt, am Samstagmittag, um die Rückkehr zu feiern. Beim Italiener an der Stadt- kirche. Die Mutter sagte, sie müsste vorher kurz zur Post und einige Briefe abschicken, via *Air Mail*, an ihre Fami- lie in Oregon. Und während der Vater am Kiosk Ziga- retten kaufte, stand ich mit der Mutter in der Schlange vor dem Schalter und trat unruhig von einem Bein aufs andere. Bis mein Blick auf ihr Bild fiel. Ganz verwaschen. In schwarzweiß. Auf einem Plakat, zusammen mit dem Mann mit den mahlenden Kiefern und vielen anderen. Ganz oben in der ersten Reihe. Sieh mal, Mama, rief ich, und lief an den Leuten in der Schlange vorbei zu dem Pla- kat an der Plastikbarriere neben dem Schalter, da ist sie: Marie!

Marktleiter Horandt. Also begebe ich mich, direkt über Los, mitten hinein ins Großbürgerliche: downtown Blankenese, vorbei an Ärzten und Apotheken und Anwälten und Bäckern und Banken, bis vor die Tore des Büros von Herrn Horandt, seines Zeichens Marktleiter der Firma *Delikatess Wanka*. Nun erinnert nichts im Marktleiterbüro auch nur im Allerentferntesten an irgendetwas, das auch nur im Allerentferntesten an Leitung erinnert. In diesem Kabuff von maximal drei mal drei Metern, direkt hinter der einseitig außenseitig verspiegelten Wand zur Ladenfläche, stapeln sich Ordner, Rechnungen, Lebensmittel, angebrochene Zigarettenstangen, aufgerissene Zwiebackpackungen und eine verbeulte zylindrische Plastikbox halbvoll mit bunt verklebten Bonbons auf einem zweckdienlichen Pressspanschreibtisch, dessen größte Zierde eine künstliche blassrosa Waldakelei darstellt, die in einer blauglasigen Vase mit Werbeaufdruck neben dem Uraltcomputer vor sich hin verstaubt. Einzige Konzession an die Moderne: der Monitor, der, aufgehängt im Winkel zwischen Spiegelwand und Decke, in acht ausgeklügelten s/w-Perspektiven sämtliche Winkel und Gänge vor und hinter den Kulissen des Wanka'schen Einkaufsimperiums erfasst. Hier klaut niemand auch nur eine Packung *Pringels* aus Lager, Laden oder Lieferbeständen, ohne dass eine Wanka'sche Kamera mitläuft.

Tja, sagt Herr Horandt in meinem Rücken, wenn man doch nur eine Zeitarbeitskraft zur Hand hätte, um die Bilder auszuwerten. Er bittet mich die drei Treppenstufen hinauf in sein Reich, wo wir auf zwei durchgesessenen sommermärchenhaften schwarz-rot-gold gestreiften

Rolldrehstühlen Platz nehmen und die Verhandlungen beginnen. Ein zähes zweiminütiges Ringen, an dessen Ende ein Handschlag die gröbsten Modalitäten besiegelt: Horandt braucht einen Fahrer, dringend, der letzte ist bei laufendem Motor auf halbem Weg zwischen zwei Kunden getürmt, die Fahrertür sperrangelweit offen, mitten auf der einspurigen Blankeneser Hauptstraße, sodass sich der Verkehr fast einen Kilometer zurückstaute, bis der dritte oder vierte Verkehrsteilnehmer in der Reihe sich ganz im Sinne des Allgemeinwohls erbarmte und das Auto ins absolute Halteverbot vor einer Einfahrt steuerte, worüber ein Anwohner postwendend die Polizei informierte, die wiederum die Marktleitung anrief. Ich habe den Rest der Lieferung selbst ausgefahren, sagt Horandt, der in seinem grauen Kittel mit dem gezwirbelten Schnurrbart aussieht, als wäre er dem notdürftig zusammengezimmerten *Dime-&-Hardware-Store* eines kalifornischen oder klondikeschen Goldgräbereldorados im auslaufenden 19. Jahrhundert entsprungen.

Und hier die Stellenausschreibung: Lebensmittel ausliefern, fünf Tage die Woche, in Teilzeit, zu tariflich garantiertem Mindestlohn. Machen Sie sich keine Sorge, sagt Horandt und zwirbelt seinen Schnurrbart, da kommt ein üppiges Schmerzensgeld obendrauf. Er angelt die Schnupftabakdose aus dem Kittel und nickt mir aufmunternd zu. Sind nicht die pflegeleichtesten Kunden hier in der Gegend, sagt der Marktleiter und zieht eine Linie, direkt vom Handrücken ins linke Nasenloch. Manche davon jedoch durchaus betucht und manche der Betuchten durchaus nicht knitterig, sagt Horandt mit nun deutlich nasaler Stimmfärbung. Er zieht die zweite Linie (Nasenloch rechts), und reicht mir die Schnupftabakdose. Also, sagt Horandt, abgemacht? Ich nicke tapfer, ziehe die Linie vom Handrücken und sehe, mit Tränen in den Augen, in Horandts strahlendes, verschwimmendes, zerfließendes Gesicht, während mein Kopf in einer Wolke aus *Gekacheltem Virginie* explodiert: HAAAAAAAAATTTTTSCHIIIIIIIIIIIIEEEEEEEEEE!

Potjomkin. In einer der berühmtesten Szenen der Filmge-
schichte rollt ein Kinderwagen die schier endlos wirkende
Freitreppe von Odessa hinab. Vergessen, augenblicklich,
im Angesicht des Schicksals des Kindes, die geschlossen
marschierenden zaristischen Truppen, die wahllosen
Schüsse in die Menge, das wehrlose Volk, das Richtung
Treppenabsatz getrieben wird wie das Vieh zur Schlachtbank. Es zählt allein das Kind, das aus dem Bild zu kippen
droht, im Wirbel des sich unerbittlich drehenden Rads
der Geschichte an den Rand des Hafenbeckens gedrängt.
Nun kann es keine der vielzähligen Treppen im schnee-
wittchenhaft schönen Blankenese an Pracht, Historie oder
architektonischer Bravour mit jenem monumentalen Bau-
werk aufnehmen, das im Volksmund, in Anlehnung an
die Kinderwagen-Sequenz aus Eisensteins *Panzerkreuzer
Potjomkin* seit nunmehr annähernd hundert Jahren als
»Potjomkinsche Treppe« bekannt ist. Die Treppen hier
sind schmal, steil, schief, verwinkelt, mit unregelmäßigen
Stufen und Sprüngen, aus denen das Unkraut hervor-
schießt. Wer Lasten hinab- oder hinaufzuschleppen hat,
tut gut daran, den Blick auf den Boden zu richten, um
sich nicht die Knochen oder gar das Genick zu brechen.
Der Name des Eisenstein'schen Panzerkreuzers, dessen
Besatzung sich im Hafen von Odessa gegen die zaristi-
sche Befehlsgewalt erhebt, indes geht auf den russischen
Adeligen Grigorij Potjomkin zurück, bei dem der durch-
schnittlich gebildete Blankeneser Lebensmittellieferant
jedoch weniger an die gescheiterte Russische Revolution
von 1905 denkt als an Dörfer, die der gewiefte Fürst der
Legende nach aus Pappmaschee errichten ließ, um Zarin
Katharina II. eine Szenerie vorzugaukeln, die einer blü-

henden südrussischen Städtelandschaft entsprach. Dies ist die Definition eines Potjomkinschen Dorfes: kulissenhaftes Herausputzen eines tatsächlich substanzlosen oder nicht existenten Ortes oder Schauplatzes. So geschehen in Jahren des Kalten Krieges oder unlängst im nordirischen Eniskillen, wo für die Dauer eines steuerzahlermillionenverschlingenden *G8*-Gipfels mittels simpler Fototapete geschäftiges Treiben in Geschäftszeilen vorgetäuscht wird, die längst der Rezession zum Opfer gefallen sind. Verheerende innere Zustände nach außen kaschieren kann jeder. Im ideellen wie im materiellen Sinne. Sie zum Vorzeigeobjekt zu machen erfordert ein feines Potjomkin'sches Händchen. Womit wir uns einmal mehr, schwer beladen und auf dem Weg zum nächsten wartenden Kunden, auf einer windschiefen Treppe in Blankenese wiederfinden, der in Sachen Vortäuschung falscher Tatsachen schönsten im ganzen Land.

Briefe an Vivi 1: Memorabilia. Mit Dir, Vivi, Liebste, ist die Liebe kein Symptom von Zeit, sondern, andersherum, die Zeit ein Symptom von Liebe. Unsterblich fühlt sie sich an, so wie ich mich, in stillen, zärtlichen Stunden mit Dir, ganz und gar unsterblich eins mit mir fühle. Keine Ablösung von mir selbst, wenn ich an das Vergangene denke. Keine Überblendung ins Absurde, Unwirkliche, Unmäßige, wenn mir die Gegenwart zu viel wird. Nur Du und ich, meine Einzige, freischwebend in Zeit und Raum. Und nichts, was uns je wieder auseinanderbringen wird, auch wenn wir nicht einmal zusammen sind, nach rechtschaffen bürgerlichem Maßstab, und niemals Wohnungen, Villen, Wagen, Babys, Bankkonten, Banketts, Barbecues zusammen haben oder veranstalten werden. Vielleicht ein gemeinsames *Betreutes-Wohnen*-Projekt am Ende unserer Wege, irgendwann, wenn Carl die Segel gestrichen hat nach allem, was er in sich reingefressen hat, per Herzinfarkt mit Mitte fünfzig, und ich bereit bin, die Waffen zu strecken, und nicht mehr die Kraft aufbringe, anzukämpfen gegen die Windmühlen meiner selbst. Dann, das verspreche ich, werde ich Dein Händchen halten, meine getreue Vasallin, auf der Bank drüben im Park, und Dir die Jacke um die Schulter legen und Dein Mützchen zurechtzupfen, damit Du nicht frierst, und zu akzeptieren lernen, dass ich nicht allein bin auf der Welt und jemand dort draußen (Du, Vivi!) da ist für mich. Mich zu trösten. Mich zu wärmen. Mich fixieren zu lassen von zwei muskulösen Schränken von überarbeitetem Teilzeitpflegepersonal, wenn es nicht mehr anders geht, weil ich Dir die Vollmacht ausgestellt haben werde dafür.

Darum schreibe ich Dir, meine Allmächtige. Nicht weil die Marslinger meinte, Briefe zu schreiben, an die, die man liebt oder nicht liebt, käme einer Entlastung der Seele gleich, ob man sie nun abschickte oder nicht, sondern in dem sicheren Wissen: Eines Tages, wenn irgendeine entfernte Nichte (schön anzuschauen, doch nicht halb so schön wie Du, meine Schöne) Deinen Nachlass ordnet, wird man diese Handvoll Briefe in einem Pappkarton finden, neben anderen ungeordneten Devotionalien unserer Liebe: dem kupfernen Ring, den ich Dir am Kaugummiautomaten neben der Klopstockkirche kaufte, der fleckigen Speisekarte, die Du im Gasthaus hast mitgehen lassen, in der Nacht unserer Ausfahrt übers Land, die »Video Games«-Single, die wir in dem Laden auf dem Kiez im Schaufenster entdeckten. »Only worth living if somebody is loving you« sangen wir im staubigen Sommersonnenuntergang mit Blick auf die Schiffskräne und der Reeperbahn im Rücken. Liebe, sagtest Du sinngemäß, ist jenseits aller Hollywood-Romantik und diesseits aller Hipster-Zynismen, die einzig wirklich wirksame Kraft im Universum, die Basis von allem, der Geist, der alles zusammenhält, Gott, wenn Du so willst. Und, Gott!, stell Dir vor, Vivi!, nie hätte ich Deine Worte gehört, Deiner Stimme gelauscht, Deine schönen Augen aufflammen sehen, schlammfarben mit feinen Einsprengseln, wie Schlieren aus Gold, ich wäre auf immer meinem im Alter von drei Jahren gemachten Schwur treu geblieben, nie eine andere Sorte Frau zu lieben als jene ruchlosen, ruhelosen, reuelosen Lana-Del-Rey-Zwillingsschwestern, -Cousinen und -Konsortinnen.

Ana Arden. Neun Adjektive, die Ana Arden beschreiben: argwöhnisch, geheimnisvoll, grausam, klug, nachtragend, berechnend, verwegen, verwöhnt, willensstark. Sie könnte einem Vampir-Stummfilm entsprungen sein. Oder einem Film Noir. Marke Femme fatale, die sich den Weg freischießt, um ein für allemal aufzuräumen mit ihrer Vergangenheit. Nichts als Schuld und reuelose Rache in maßgeschneidertem Kostüm und delikater Spitzenunterwäsche. Wie so viele vor und so viele nach mir war ich ihr verfallen, augenblicklich, als ich sie das erste Mal sah, an einem regnerischen Sonntagabend im Mai, vom Balkon des Hauses meines Großvaters aus: Ana Arden, ganz in Schwarz, wie hingegossen auf einem Stuhl im Nachbargarten, ein Buch auf dem Schoß, eine Birne, an der sie lustlos herumkaute, in der linken und einen aufgespannten Regenschirm in der rechten Hand. Ein einziges Mal sah sie auf zu mir, nach einer halben Ewigkeit, wie mir schien, wischte sich eine pechschwarze Strähne aus der Stirn, und im nächsten Moment war ich auf dem Weg zur Toilette, um mich zu erleichtern. Später dann, nachdem ich sie wiedergesehen hatte, im Café im Park, auf dem Spielplatz beim Schaukeln mit ihrer einzigen Nichte, in der Bibliothek, wo sie sich stapelweise philosophische Traktate auslieh, später dann, als ich sie ansprach und wir uns verabredeten, das erste Mal, und ich sie küsste, das erste Mal, und sie über Nacht blieb, das erste Mal, und wir zusammen blieben, Tag und Nacht, dämmerte es mir nach und nach, dass ich diese Frau liebte, auf eine Weise, auf die sie selbst nie auch nur im Entferntesten irgendjemanden lieben würde. Weil da immer etwas war in ihr, das sie trennte von der Welt, von mir, von allem und allen, ein Geheimnis, das sie nicht preisgab, und wenn man es aus ihr hätte herausprügeln wollen. Und selbst als wir zusammenlebten und heirateten und Kinder hatten, gelang es mir nicht, diesen Schmerz zu lindern, diese ewig schwarz tragende Trauer, über die sie sich niemals erhob, nicht in den allerlichtesten Momenten der Selbstvergessenheit, nicht im Schlaf, nicht im Traum, nicht in meinen Armen, nicht auf mir, nackt, den grillenzirpenden Sommer vor dem offenen Fenster, in den sie ihren Schmerz hinausschrie.

Als ich in Ochsenzoll einsaß, nutzte Ana die Gelegenheit und packte ihre Sachen. Reichte die Scheidung ein. Rückte zur Besuchszeit mit Anwalt an. Bestand auf Gütertrennung. Sicherte sich an einem einzigen medikamentös verdämmerten Sonntagnachmittag mit ungeahnter Vehemenz meine Zustimmung zum alleinigen Aufenthaltsrecht für die Kinder. Konstatierte messerscharf, mein Selbsthass sei überbordend, so sehr, dass ich insgeheim sogar sie gehasst hätte, in all den Jahren unseres Zusammenseins, und am allermeisten dafür, dass sie mich liebte. Dann verschwand sie aus meinem Leben, sonstwohin, und ließ sich nie wieder blicken. Erzählte den Kindern, die 2 und 4 waren damals, der Papa sei verstorben, unvermittelt, oder schwieg mich auf sonstwelche Weise resolut tot. Ana Arden, immer auf der Hut, immer beharrlich auf ihr Recht pochend als Frau, Mutter und Märtyrerin, sitzt irgendwo auf der Welt heute, abgeschirmt von ihrem steinreichen Stiefvater, der mich nie ausstehen konnte, mit einem Buch und einer Birne, auf einem Gartenstuhl im tropischen Regenwald, einer Dachterrasse in Brooklyn, einer Sandverwehung am Strand von Manila mit Blick auf den Bungalow ihres zweiten Ehemanns, der Veranda einer Datscha unweit von Wladiwostok. Für einen Moment sieht sie auf zum wolkenverhangenen Himmel, an dem die Rauchschwalben kreisen, ohne jedes Geräusch, und denkt an mich zurück, an das Glück, das wir teilten, die Momente kristallklaren gegenseitigen Sehens und Erkennens, im Augenblick der größten Lust, bis zur Unkenntlichkeit verzerrt und ineinander verschlungen. Dann kommen die Kinder gelaufen und das Bild zerspringt –

O Ana, Schönste aller Damen ohne Reue, ohne Gnade, wo um alles in der Welt bist Du?

FERDINANDS HÖH
10 & 25

Bob Dylan fällt vom Motorrad. Wäre das 21. Jahrhundert ein Abbild der bewegten 1960er Jahre und nicht der halbgaren 1950er, liefe man Gefahr, beim Ausliefern hinter jeder schwer einsehbaren Blankeneser Kreuzung unversehens einem Charles-Manson-Klon in die Quere zu kommen, der mit Heiligenschein über dem jesusgleichen Haupt, einem nummerierten Erstauflagen-Vinyl-Exemplar des White Albums unterm Arm (N°. 666) und einer schwarzmähnigen Meinhof'schen Motorcycle-Madonna auf dem Sozius seiner *Triumph Bonneville,* in den blutverschmierten Sonnenuntergang gen Wasserlinie fährt. Es deutet nicht übermäßig viel darauf hin, dass wir drauf und dran wären, irgendwelchen Manson & Meinhof-Wiedergängern zu begegnen, in diesen Zeiten aus Pappmaschee und Glanzpapierhimmeln. Doch wer, außer ein paar Eingeweihten, hätte anno 1954 geahnt, dass ein kirchenhöriger Truckdriver aus Tupelo, Mississippi drauf und dran war, den erzreaktionären rassistischen amerikanischen Süden in seinen Dixieland-Grundfesten zu erschüttern, mit einem Gesicht wie ein Engel, einem Hüftschwung, der nach nichts anderem aussah als einer unverblümten Aufforderung zum Sexualakt, ein- oder beid- oder gleichgeschlechtlich, und einer Musik, der nichts, aber auch gar nichts heilig war. Zwei Jahre währte der für unmöglich gehaltene Spuk aus Hillbilly und Niggermusik, bevor es Elvis erging wie allen amerikanischen Helden, die das Establishment in ihren Grundfesten erschüttern. Erst wird er domestiziert *(RCA),* dann auf Lebensgröße zurechtgestutzt (Heidelberg), um schließlich als Abziehbild seiner selbst an die Strände Hollywoods gespült zu werden, wo mehrere knapp bekleidete Blondinen, ein Dutzend spritzengeiler Kurpfuscher sowie ein lukrativ dotierter Knebelvertrag für ihn bereitliegen, das Kleingedruckte an den Rändern bis zur Unkenntlichkeit zerlaufen. Wem weniger leicht beizukommen ist als dem King, den erledigen die Drogen oder er wird auf sehr amerikanische Weise erschossen, samt Gründung des obligatorischen Einzeltätermythos à la Bertha Franklin, James Earl Ray, Mark David Chapman, oder fällt, wie Bob Dylan 1966, schlauerweise freiwillig vom Motorrad, mitten hinein ins selbstgewählt asketische Woodstocker Künstlerkolonienkellerexil, um sich eine Weile neu zu sortieren.

Und so ist es nur ein winziger Schritt von den aseptisch-rassistischen Mittfünfzigern, Memphis, Tennessee, ins sonnige Californ-I-A, Hochburg hippieesker Hasch-Utopien einer besseren Welt, wo in einer letzten treppenwitzähnlichen Zuckung des ewig währenden Summer of Love, Anfang August 1969, Spahn's Movie Ranch, bekannt aus *Bonanza* und *Die Leute von der Shiloh Ranch*, nur ein paar hundert Meter westlich vom San Fernando Valley, die Swingin' Sixties endgültig ihre Unschuld verlieren (plus einem kleinen Nikolausnachklapp im nordkalifornischen Altamont), als Charles Manson seine Family von der Leine lässt, die in zwei aufeinanderfolgenden Nächten großflächig Songtitel der größten Heilsbringer der Sechziger Jahre an die Wände exklusiver Hollywoodbungalows kliert. HELTER SKELTER. PIGGIES. Inklusive orthografischer Fehler (Healter Skelter), die weder Lennon/McCartney noch George Harrison je unterlaufen wären. Mit dem Blut ihrer Opfer. Darunter die im neunten Monat schwangere Schauspielerin Sharon Tate und, am anderen

Ende des Beautiful-People-Spektrums, Leno LaBianca, Besitzer einer Supermarktkette. Ein Harald Wanka im Silicon Valley. Was uns Psychopathen, pathologische Lügner und Einsamkeitsparanoiker davon abhält, es Charlie und seinen Jüngern bei nächster Gelegenheit in der nächstbesten Villa direkt vor Ort gleichzutun und den Family-Kanon um den einen oder anderen orthografisch fragwürdigen Post-White-Album-Beatles-Song zu erweitern (YOU NEVER GIVE ME YOUR MOMEY! HERE COMES THE SON!). In meinem Fall ist es einzig und allen Vivis Lebkuchenmann, der mich ansieht, von seinem Platz auf der bulläugigen Fensterbank aus, jeden Morgen, wenn ich die Augen aufschlage.

Die Wankas, komplett. Zuerst mal: Nichts an einem Supermarkt ist super. Geiz ist nicht geil, und wenn Du irgendetwas dafür tun willst, dass die oberen Zehntausend sich nicht in ihren elektrozaungesäumten Hochsicherheitstrakten *up on the hill* den Wanst vollschlagen, während der Rest der Menschheit, von einem emsig Coffee-to-Go-Becher und Smartphones spazierentragenden Mittelschichtsbürgertum gepuffert, im eigenen Dreck erstickt, dann kaufst Du besser beim kleinen Krämerladen an der Ecke, solange es ihn noch gibt. Auch wenn Du den Bastard hinter der Theke noch nie ausstehen konntest, der nicht mal Guten Morgen sagen kann, wenn Du reinkommst, und Dir damals, an einem trüben Dezembermorgen vor ewigen Zeiten erzählte, Jack Lemmon sei in der Nacht auf offener Straße in New York City erschossen worden, was Dir bei aller Liebe im Grunde herzlich egal gewesen wäre, wenn Deine Mutter, die kurz darauf nach drei Jahrzehnten chronischer Alkoholsucht mit perforierter Leber in der Klinik landete, Dich nicht zwischen zwei Gläsern Hochprozentigem angerufen hätte, um Dir ins Ohr zu lallen, John Lennon sei in der Nacht auf offener Straße in New York City erschossen worden. Und seitdem? Erschießen die keine Popstars mehr dort draußen. Und wen auch? Und wozu? Und sonst? Ist der Krämer alt geworden. Und Du mit ihm. Und sein Laden erst recht. Kein Nachfolger in Sicht bei der abgefuckt hohen Miete und den zunehmend ausbleibenden Kunden. Haben die Wankas dieser Welt in der Zwischenzeit alles entspannt unter Kontrolle gebracht. Ersetzen ihre Fachkräfte durch billige Ungelernte und die Ungelernten durch minijobbende Langzeitarbeitslose. Keine Tarife. Keine Sozialabgaben. Kein Urlaubs-, kein Weihnachtsgeld. Nicht mal ein müder Händedruck, wenn Harald Wanka, der Ältere, mit seiner 14 Jahre jüngeren Heike, die er nach der Gastromesse im Gastrobereich des *KaDeWe* kennengelernt hat, den Laden betritt, um nach dem Rechten zu sehen, ein paar Kassierer anzuschnauzen und Frau Dr. Soundso aus dem Treppenviertel, die nie einen Doktor gemacht hat, aber trotzdem so heißt, mit servilem Lächeln in den dreifach gelifteten Orangenhautarsch zu kriechen und ihr von den schulischen Erfolgen seines ungeliebten Stiefsohnes Philipp, aus viel zu früher erster Ehe, zu berichten, der das Internat in Schloss Torgelow besucht, seitdem die Mutter wegen ihres notorischen Alkoholkonsums immer wieder in der Klinik landet, und es schon als schulischen Erfolg ansieht, wenn er, der Bastard, im zweiten Anlauf die neunte Klasse packt, um sich nicht vor seinem ungeliebten Stiefvater zu blamieren, der das Einzige ist, was er vor seinen Freunden guten Gewissens noch als Familie ausgeben kann. Und Helmut? Der jüngere, umgänglichere, bescheidenere der beiden Wanka-Brüder. Auch nicht besser, seitdem seine Uschi das Zeitliche gesegnet hat, nachdem sie kreuzbrav jahrzehntelang den Papierkram für ihn erledigt hatte. Mit gerade mal 55. Bauchspeicheldrüse. Zuviel runtergeschluckt, die Gute, über die Jahre. Nun bleibt dem Helmut nur noch die Hydra. Uschis kleiner Liebling, und auch nicht mehr die Allerjüngste. Wenn die Hydra stirbt, sagt der Harald zur Heike, dann stirbt auch der Helmut. Nicht dass es dem Harald irgendwas ausmachen würde. Redet seit Jahren nicht mehr mit dem kleinen Bruder. Geschäftliche Differenzen. So wie die Aldis. Gehört zum guten Ton in der Branche, sagt Harald, mit falschem

Lachen, auf irgendeinem Sektempfang im Segelclub unten am Strandweg, und nimmt noch ein Fleischsalathäppchen. Und wer, aus irgendwelchen Post-68er-Sentimentalitäten und pseudoaufklärerischen Political-Correctness-Regungen heraus auf die Idee kommt, es gäbe jenseits des eigenen schmalen Horizonts eine Wirklichkeit dort draußen, die nicht klischeehafter daherkommt als ihr ureigenes abgefeimtes Abziehbild, der sollte sich am Freitagnachmittag in der Hausbank der Wankas einfinden, wenn Harald kommt, die Hände aufzuhalten, weil es Geld regnet vom Himmel wie Manna in der Wüste, bevor Helmut eintrudelt, mit seinen Herzproblemen und der Hydra hinterdrein, im Sicherheitsabstand von einer Dreiviertelstunde, seinerseits allzeit bereit zum Absahnen. Zwei Blankeneser Sprösslinge. Altes Kaufmannsgeschlecht. Harald d. Ä., die Ärmel hochgekrempelt, die *Rolex* am viril behaarten rechten Handgelenk. Immer eine Spur zu laut. Immer eine Spur zu großspurig. Und Helmut d. J., schwermütig und verschlossen, nicht erst seit dem Tod seiner Frau. Immer im Schatten des großen Bruders. Die letzten ihrer Art. Weil Uschi keine Kinder wollte und Harald Kinder nicht ausstehen kann.

Nisi. Nisi ist 19. Sagt sie. Tochter eines deutschen Polit-TV-Moderators kurz vor der Pensionierung. Waschechter aufrechter Achtundsechziger. Früher in der Mittagspause mit Klaus Rainer Röhl und Konsorten im *Zwick* am Rothenbaum Arbeiter gezischt, heute Bundfaltenhose, ausladend bonbonrote Designer-Brille, graue Panthermähne. Nie zu Hause und nie zu Hause gewesen. Sagt Nisi. Die ihren Namen einer Obsession ihres Vaters für Nina Simone verdankt. Hochwertig gerahmte Schwarzweißporträts eines legendären Auftritts der *high priestess of soul* beim Montreux-Jazz-Festival '76 säumen den langgezogenen Flur der Luxusvilla. Hütet das Haus, unsere Nina-Simone, während der Vater die letzten Züge seiner Bilderbuchkarriere genießt, die Mutter die Geschicke der Edelboutique lenkt, die der Gatte ihr als Steuerabschreibungsobjekt zur Silberhochzeit verehrt hat, und Billie, die kleine Schwester, benannt nach Papas zweiter großer Jazz-Chanteuse-Liebe (mit hochwertigen s/w-Porträts in hochwertigen Rahmen in Wohn- und Arbeitszimmer) die *ISH* besucht, Privateliteschule für spätere Wirtschaftsmagnaten und Bundestagsabgeordnete gleich um die Ecke vom Poloplatz in Groß-Flottbek, das sich zu Blankenese verhält wie Bel-Air zu Beverly. Hat frei diesen Sommer, unsere Nisi, nach nicht eben mit Glanz bestandenem Abi. Im September geht es für ein Jahr nach Neuseeland, den Duft der weiten Welt schnuppern, anschließend Studium der Politikwissenschaft, wenn es, wie sonst immer in Nisis Leben, nach Papa geht, oder der Tiermedizin, falls Nisi sich dieses eine erste revolutionäre Mal Gehör verschafft. Schon immer hat sie sich für Tiere interessiert, kleine Igel aufgepäppelt, die sie im Garten gefunden hat, gestrandete Libellen aus

Pfützen gefischt und einäugige Kater mit handwarmer Katzenmilch versorgt. Problem: Nisis Notendurchschnitt reicht nicht für den NC. Doch jetzt erstmal NZ, kalauert sie, in durchaus passablem Oxford-Englisch. Und vorher: Ferien! Also hängt Nisi rum zuhause, raucht, lackiert ihre Fuß- und Fingernägel, blättert in Hochglanzmagazinen und öffnet die Tür, wenn es klingelt und der Postbote einen Stapel *Amazon*-Pakete für den Papa oder einen Stapel *Zalando*-Pakete für die Mama bringt. Dazu kommen Lebensmittel und Getränke, einmal im Monat, solange Nisi denken kann, geliefert, frei Haus, aus alter Verbundenheit, von *Delikatess Wanka* gleich um die Ecke. Zu Nisis Aufgaben in diesen Tagen gehört es, die Waren zu verstauen, den Lieferschein zu unterschreiben und dem Lieferanten 5 Euro in die Hand zu drücken. Hab Sie noch nie hier gesehen, sagt Nisi, als ich das erste Mal vor der Tür stehe, und blickt mir fest in die Augen. Stimmt, sage ich und nehme den Fünfer, den sie mir zum Abschied mit verschwitzten Fingern in die Hand drückt, bin das erste Mal hier. Nisi, im weißen Bademantel, barfuß, Zigarette in der Hand, sieht mich an, als wolle sie mich gleich hier an Ort und Stelle, zwischen Toaster, Kaffee und Marmeladensortiment, auf dem Küchentisch zum extraspäten Frühstück vernaschen. Ok, sage ich und meine Stimme klingt belegt, vielen Dank. Wedele mit dem Fünfer. Wie ein Idiot. Und Nisi? Bläst einen vollendeten *Lucky-Luke*-mäßigen weißen *Lucky-Strike*-Rauchkringel in die sonnengelbe Sommerküche, mustert mich von oben bis unten und sagt nichts.

Beim nächsten Mal regnet es in Strömen, was Nisi nicht davon abhält, mich in T-Shirt und Höschen zu empfangen.

Sie Ärmster, sagte sie, platziert mich auf einem Barhocker in der Küche und rubbelt mir das Haupt mit einem weich-spülerdurchwirkten Frotteehandtuch trocken. Irgendwo im Hintergrund springt eine Schallplatte, während sie virtuos mit der Bürste herumfuchtelt und mir mit schlanken Fingern das Haar aus der Stirn streicht. Ganz schöne Matte für Dein Alter, Alder, sagt sie, baut sich vor mir auf, legt sanft die lipglossglänzenden Lippen auf meine und bläst mir den Rauch ihrer Zigarette in den Mund. Ich verabschiede mich schleunigst, schwer hustend, mit Tränen in den Augen, dem obligatorischen Fünfer in der Hand und einem Ständer, den ich so richtig erst wieder loswerde, als ich drei Wochen später zum dritten Mal vor Nisis Tür stehe.

Diesmal ist es knallheiß. Doch gibt die Herrin des Hauses sich ungewohnt zugeknöpft. Roter Sweater, Jeans, *Lucky Filter*. Kühl bittet sie mich, alles zu verstauen, ich wüsste ja wo und wohin. Klar, sage ich, und mache mich ans Verstauen, als sei es das Selbstverständlichste der Welt. Als ich fertig bin, klopfe ich an Nisis Tür. Komm rein, sagt sie, die auf dem Bett liegt, *only in her underwear*, Zigarette im Mundwinkel, ganz der laszive Star inmitten der sanft geschwungenen Hügel und Täler seidenweicher Kissen und Laken in verboten luxuriösen Betten im Herzen verboten luxuriöser Schlafzimmer mit Blick auf die ewig sommerlichen Hügel und Täler der ewig sommerliche Träume fabrizierenden Traumkulisse Hollywoods. Gleich um die Ecke vom San Fernando Valley. Sie nimmt meine Rechte und legt sie auf ihre Brüste, die klein sind und sehr fest. Sie nimmt meine Linke und schiebt sie in ihr Höschen, das durchsichtig ist und sehr knapp. Sie öffnet den Gürtel meiner Jeans und den Verschluss ihres BHs und reibt ihre Brüste an meinen Beckenknochen. Ich möchte, dass Du auf meine Titten kommst, sagt sie sachlich und krallt die abwechselnd rot und schwarz lackierten Nägel in die Haut unter meinem Hosenbund. Den Fünfer spart sie sich diesmal, doch nicht die Zigarette danach. Auf dem Bauch liegend, die Asche achtlos auf den Teppich abstreifend, bittet sie mich um einen Gefallen. Einmal, sagt Nisi, soll ich sie mitnehmen, ins Reich vor den Spiegeln, auf die andere Seite, jenseits der Autobahnbrücke, die die Elbvororte vom Rest der Welt trennt, zu all den mythischen Plätzen, von denen sie so viel gehört, doch die sie nie nie nie zu Gesicht bekommen hat. Rote Flora. Reeperbahn. Rummel. Ritze. Riesenrad – und das nur die Liste mit »R«. Einmal im Leben normal sein, sagt Nisi und schnippt die Zigarette ins Glas mit dem abgestandenen Sekt des Vorabends, das krängend am Bettpfosten lehnt. Behandelt werden wie jede andere auch. Okay, sage ich, in bester *hard-boiled* Hanseaten-Tradition, machen wir, Baby. Silicon Valleys begehrtester Swimmingpoolreiniger, der *Daddy's Girl* in die Welt des Billigen und Banalen einführt und dabei nur allzu gut weiß: Baby bleibt für immer eine Touristin, bestenfalls, dort draußen im Kampfgebiet, weil Daddy sie jederzeit mit einem Griff in die Portokasse aus dem Gröbsten herauskaufen kann.

Barcode Bypass. Selbst der Supermarkt schläft hin und wieder. Helmut Wanka nicht. Man sieht ihn durch die Straßen streifen, nachts, bei Regen und Wind. Durch Sagebiels Weg und über Schlagemihls Treppe. In seinem farblosen Trenchcoat und den schwarzen perforierten Fingerlederhandschuhen. Das Gesicht zerfurcht, das Herz immer einen Schlag vor dem Aussetzen. Seit dem Tod seiner Uschi und der komplizierten Operation in einer Spezialklinik im Taunus ist nichts mehr wie es war in Helmut Wankas Leben. Die Betablocker machen ihn kirre. Die Nerven liegen blank. Jedes kleinste Geräusch lässt ihn zusammenfahren und an das drohende Ende denken. Abends im Bett wälzt er sich hin und her, schlägt ein Buch auf, etwas Historisches oder die Biografie einer bedeutenden Persönlichkeit, überfliegt zerstreut einige Seiten und klappt das Buch wieder zu. Mit zittrigen Fingern zieht er sich wieder an und geht Gassi mit Hydra, der Hündin, die er auf seiner letzten gemeinsamen Reise mit Uschi, die immer gerne und viel gereist ist, am Strand von Dokos aufgelesen hat. 17 Jahre hat Hydra inzwischen auf dem Buckel nach Schätzung des Tierarztes. Sie sieht nicht mehr richtig. Das Fell geht ihr aus. Helmut Wanka weiß: Die Belegschaft schließt hinter vorgehaltener Hand Wetten darüber ab, wer wen wie lange überleben wird. Früher hat er Jobs dieser Art einer tierliebenden Gymnasiastin überlassen, und der Rasen wurde für einen Fünfer gemäht von einem Jungen aus der Nachbarschaft. Nun kommt ein Gartenbauunternehmen aus Wedel, alle vier Wochen, im Sommer zweimal im Monat. Nur die Tulpen im Vorgarten düngt und wässert Wanka noch selbst. Alles andere strengt ihn nur noch an. Das Geschäft. Die Telefonate mit der Steuerberaterin. Die tickende Standuhr im Wohnzimmer. Der Blick auf die hereinkommenden Containerschiffe aus Übersee. Der lange Schatten der frisch installierten Filiale einer konkurrierenden Lebensmittelkette mit S-Bahn Anbindung. Helmut Wanka dirigiert die hechelnde Hydra zum Wohnhaus seines Bruders Harald, der es fertig gebracht hat, einst, in seiner Jugend, im *BMW* des Vaters eine der Steiltreppen des Viertels hinunter zum Strand zu fahren, nur um zu demonstrieren, dass man so schneller unten ankommt, als mit dem Fahrrad die Straße außenrum zu nehmen. Der Wagen Totalschrott. Aber Recht behalten hatte er, der Harald. Und eben das war es, worum es immer ging all die Jahre. Bis zum jüngsten Tag, soviel wusste Helmut, würde er kein Wort mehr mit Harald wechseln. Und wozu auch? Allzu viel hatten die Brüder sich nie zu sagen gehabt. Und das bisschen, das es heute noch zu bereden gab, ließ sich bestens in eine dieser kleinen schwarzen Plastiktüten packen, die Helmut auf seinen Runden mit Hydra immer dabei hatte und günstigerweise im eigenen Markt bezog. Prall gefüllt, frisch und warm, legt er sie Harald vor die Eingangstür.

Briefe an Vivi 2: Männer & Frauen. Geboren, meine gnädigst Spätgeborene, wurde ich knapp zehn Jahre vor Dir, Ende der wilden 1960er, per Hausgeburt, in einem Kaff am Rande des Zonenrandgebiets. Meine erste Erinnerung: der rote Strickschal meiner Mutter, die mich schnellen Schrittes über den knirschenden Schnee manövrierte, an einem eisklirrenden Wintertag. Weg aus dem Dorf! Weg vom Vater! Denn die Fronten zwischen den Eltern hatten sich ins Unversöhnliche verschoben, nach kürzester Zeit, wie alles in den Siebziger Jahren sich ins Unversöhnliche verschob, wovon Du, meine Hochgebildete, vermutlich nur aus einschlägigen Geschichtsbüchern weißt: Alt-Nazis vs. Studenten, Staat vs. Terroristen, Hippies vs. Bürgertum, Ost vs. West, schwarz/weiß vs. Farbe, 19. Jahrhundert vs. 21. Jahrhundert. In meinem eigentümlichen Fall verlief die Front ziemlich exakt zwischen der Kleinstadt, die für den einen Teil meiner Kindheit reserviert war (und selbst aufs Unversöhnlichste unter den Spätfolgen des Krieges litt, weil die englische Besatzung ganze Teile der Stadt mit Maschinengewehren, Patrouillenfahrzeugen und Stacheldraht kontrollierte), und dem Dorf, in dem ich den anderen Teil meiner Kindheit verbrachte. Hier, unter der strengen Oberaufsicht eines Feldwebels von Mutter (meiner Oma), herrschten vier Brüder zu gleichen Teilen über Haus und Hof: Onkel Braun, Onkel Meck, Onkel Phil und mein Vater. Frauen, so das oberste paritätisch patriarchalische Prinzip, hielt man sich fürs Bett und die Bude. Irgendjemand musste den Dreck der Trinkgelage vom Vorabend ja wegräumen, am Morgen, wenn alles in den Federn lag und schnarchend seinen Rausch ausschlief. Was meine Mutter schließlich dazu veranlasste, nach einigen halbherzigen Anläufen das Weite zu suchen und in die nahegelegene Stadt zu ziehen, wo sie sich in unregelmäßigen Abständen in deutlich artikuliertem post-traumatischem Protestgeheul gegen die hinterwäldlerischen Zustände jenseits der Ortsschilder erging: Alle paar Wochen nahm sie samstags den Zug nach Hamburg oder ins unversöhnlich geteilte Berlin, um gegen den § 218 und für das Selbstbestimmungsrecht der Frau zu demonstrieren, während mein Vater, der wie üblich unangekündigt im Auto gekommen war, um mich für ein, zwei Tage mit aufs Land zu nehmen, mit dem Stiefvater in der Küche versackte, wo die beiden sich, in unheiliger, revanchistisch gestimmter Allianz die eine oder andere Kiste Bier teilten und zu vorgerückter Stunde John Lennons pro-feministische Hymne »Woman Is The Nigger Of The World« zu grölen begannen: »We make her paint her face and dance« tönte der Betrunkenenchor in holprigem Englisch, während ich mir die Decke über den Kopf zog und mich in Träumen an Monica Rohann verlor, der sündhaft schönen Schwarz tragenden elfenbeinfarbenen Witwe, deren Wagen ich in Schuss gebracht hatte, einen Sommer lang, im Tausch gegen meine Unschuld. Und gewissermaßen auch ihre.

Die Witwe. Sie lebte in dem alten Bauernhaus an der Ausfahrtstraße. Ihr Mann, so hieß es, war ums Leben gekommen beim Versuch, den Gasboiler im Keller zu reparieren. Vielleicht, so hieß es, hinter halbherzig vorgehaltener Hand, hatte die Witwe dabei ihre schönen Finger im Spiel gehabt. Die wirklich wunderschön waren. Weiß und zart und feingliedrig. Mit wunderschön ebenmäßigen Halbmonden an den wunderschön ebenmäßig gefeilten Nägeln. Ich sah sie beim Kaufmann, wenn sie in ihrer riesigen Börse nach Kleingeld suchte oder knisternde, wie glattgebügelt aussehende Scheine aus dem hintersten Fach hervorholte und auf den Verkaufstresen blätterte. Am Ringfinger ihrer linken Hand steckte ihr Ehering. Makellos schön war sie, die Witwe, wie aus Papier und Schnee und Ebenholz. Man konnte sie sich gut vorstellen, abends, nackt und weiß, in einer schwülen Sommernacht, bei einem kühlenden Bad im Mondlicht, in freistehender Badewanne, am Fenster unter dem Dach, mit Blick auf den verwilderten Garten hinter dem Haus, in dem die Grillen ihr vielstimmiges Lied sangen, oder in den zerwühlten Laken ihres viel zu großen Ehebetts, die rechte Hand am Zipfel der Bettdecke, die sie rhythmisch hin und her bewegt zwischen ihren gespreizten Schenkeln. Mit bürgerlichem Namen hieß sie Monica. Monica Rohann. Doch nannten alle sie immer nur: die Witwe.

Ich war 15, als mein Stiefvater mich losschickte, in der Nachbarschaft rumzufragen, ob es etwas für mich zu tun gäbe. Wird Zeit, dass Du Dein eigenes Geld verdienst, hatte er beschlossen, beim Frühstück in der Küche, kurz vor den Sommerferien. Für Urlaubsfahrten, hieß es, sei ohnehin kein Geld da, was mir nur recht war, weil ich sowieso keine Lust hatte, in den Urlaub zu fahren, mit meinem Stiefvater, den ich nicht ausstehen konnte, und meiner Mutter, die ihm jeden Wunsch von den Lippen ablas, bis er es eines Tages nicht mehr ertragen konnte und sie solange mit einer anderen betrog, bis sie ihn endlich rausschmiss, aus ihrer Wohnung und ihrem Leben, und sich zurück nach Amerika trollte, um ihre Wunden zu lecken und nicht in Versuchung zu kommen, ihm noch ein allerallerallerletztes Mal zu verzeihen. Also mähte ich den Rasen, bei Mielers und Rakowskys, und reinigte einmal die Woche den Pool bei Familie Forstmann, deren Tochter Johanna ein Jahr älter war als ich und mich nicht mal mit dem Allerwertesten ansah. Bis sie bei der dritten oder vierten Reinigung plötzlich rauskam, in ihrem roten Bikini mit den weißen Punkten, der ihre Oberweite betonte, mir die bronzegebräunten Arme um den Hals legte und mir ihren angebissenen Apfel vor die Nase hielt. *Granny Smith*, hauchte sie. Ich biss hinein und verschluckte mich. Fing an zu husten, wie ein Idiot, und sah tränenden Auges, wie Johanna über die Veranda ins Haus wackelte, den Apfel auf halbem Weg halb aufgegessen auf dem Plastikgartentisch neben der Plastikliege platzierend.

Auch wenn mein Stiefvater mich die meiste Zeit in den Wahnsinn trieb mit seinem selbstgefälligen, selbstsüchtigen und selbstmitleidigen Gehabe, vor allem, wenn er am Abend zu viel getrunken hatte, eins musste man ihm lassen: Die Idee mit den Ferienjobs war nicht schlecht. Eine Woche vor Schulanfang hatte ich 980 Mark zusammengespart. Doch hatte die Sache erwartbarerweise einen

Haken: Plötzlich bestand er darauf, dass ich die Hälfte des Geldes zu Hause ablieferte. Ja, klar, sagte ich und löffelte ungerührt meine Gemüsesuppe weiter, weil ich dachte, es wäre nur eine seiner Launen und er wollte mich reizen, weil ihm der Hintern meiner Mutter, die geschäftig zwischen Herd, Tisch und Spüle auf und ab wandelte, langweilig geworden war. Doch er meinte es ernst und zog mich am Ohr, über das halbe Dutzend Bierflaschen auf dem Tisch hinweg, zu sich heran. Du bist alt genug, etwas zum Lebensunterhalt beizusteuern, und wenn Du selbst nicht auf die Idee kommst, Deiner Mutter etwas von Deinem Geld abzugeben, damit sie sich ein Kleid kaufen kann, ein Paar Ohrringe oder etwas zu naschen, dann muss ich ein wenig nachhelfen. Von wegen Kleid, sagte ich und legte all die Verachtung in meine Stimme, die sich über Jahre hinweg angestaut hatte, als würdest Du das Geld nicht komplett versaufen. Nun geschahen vier Dinge. Nacheinander. In sehr schneller Abfolge. Erstens: Mein Stiefvater ließ mit der Linken mein Ohr los und schlug mich, kurz, hart und trocken, mit der Rückseite seiner knorrigen rechten Hand auf Wange und Mund. Kein harter Schlag, und trotzdem schossen mir die Tränen in die Augen. Zweitens: Meine Mutter schmiss die Suppenschüssel auf den Boden, die in tausend Stücke zersprang, und begann zu schreien. Drittens: Ich sprang auf, rannte in mein Zimmer, nahm das Geld aus der Zigarrenschachtel, die ich unter dem Bett verstaute (alles bis auf 20 Mark, die ich in die Hosentasche stopfte), und knallte es, viertens, meinem Stiefvater auf den Tisch, der ungerührt sitzen blieb und sich eine Zigarette drehte, während meine Mutter wortlos vom einen zum anderen blickte, die triefende Suppenkelle in der Hand.

Dann verließ ich das Haus. Wortlos. Kaufte am Tankstellenkiosk am Ortsausgang die erste Packung Zigaretten meines Lebens, *Stuyvesant* (weil ich es nicht besser wusste und weil niemand aus der Familie, in der alle, bis auf meine Mutter, rauchten, *Stuyvesant* rauchte). Streunte durchs Viertel. Rauchte nacheinander drei Zigaretten. Und sah die Witwe. Und sie mich. An der Ampel beim Bäcker mit der Popcornmaschine hinterm Haus. Ein großer schwarzer Hund an ihrer Seite, den ich noch nie gesehen hatte. Vielleicht waren es die Ereignisse des Abends, vielleicht waren es die Zigaretten, jedenfalls straffte ich mich, augenblicklich, und wartete, bis sie die Straße überquert hatte. Fragte: Wie heißt der Hund? Blackie, sagte die Witwe, ohne jedes Anzeichen von Überraschung. Möchtest Du ihn streicheln? Nein, streicheln wollte ich Blackie nicht. Schließlich war ich kein Fünfjähriger mehr. Sie wohnen in dem alten Bauernhaus, Ecke Bernadottestraße, sagte ich und wusste selbst nicht, woher die Worte kamen. Ja, sagte sie, ein ganz klein wenig argwöhnisch. Ich erledige Arbeiten, überall hier in der Nachbarschaft, sagte ich so lässig wie möglich und fuchtelte mit der Zigarette herum, um die komplexe Bedeutung meiner Mission zu unterstreichen. Vielleicht haben Sie etwas, das ich für Sie besorgen oder reparieren kann? Vielleicht den Gasboiler in der Waschküche?, hätte ich hinzufügen mögen, in einem Anfall von Übermut. Oder war es Boshaftigkeit? Ja, sagte sie, da habe ich tatsächlich etwas. So trotteten wir los, die Witwe, Blackie und ich, ohne ein Wort zu sagen, die abendleere sommerliche Straße hinunter, bis auf den Hof, wo sie den Hund vor der Hütte ankettete. Da drüben, sagte sie und deutete unbestimmt auf den Schuppen, dessen Tor sie dann umständlich aufschloss. Bevor sie umständlich den Lichtschalter suchte. Und umständlich daran herumdrehte und Licht machte. Jemand müsste sich um das Auto kümmern, sagte sie, merkwürdig unbeteiligt, als spräche sie zu niemandem im Besonderen. Ein weißer Mercedes. *190 D.* So stand es silbern auf dem linken hinteren Kotflügel. Wahrscheinlich seit dem Tod ihres Mannes nicht mehr benutzt. Wollen Sie damit fahren?, fragte ich. Mal sehen, sagte sie und sah mich an, zum ersten Mal. Nahm meine Hand, sehr sachte und vorsichtig, und legte sie, sehr sachte und vorsichtig, auf ihre Brust. Nein, genauer: zwischen ihre Brüste. Ich komme morgen Vormittag, stammelte ich, und kümmere mich darum. Sie trat einen Schritt vor, drehte den Kopf zur Seite und schloss die Augen. Sie öffnete den Mund, ein klein wenig, sodass ich ihre Zähne sehen konnte, wie Perlen aufgereiht, im funzligen elektrischen Licht der surrenden Neonröhre über unseren Köpfen, um die, in rasender tierischer Unrast, die Insekten kreisten, und plötzlich und ohne jede Vorankündigung nahm ich ihren Kopf und presste meinen Mund auf ihren. Ließ meine Zunge über ihre wunderschön ebenmäßigen perlweißen Zähne gleiten. Schob meine Hand unter ihr Kleid, in Kniehöhe, und wanderte mit den Fingern ihr Bein hinauf. Bis sie ihre auf meine Hand legte und sie festhielt. Mit bestimmter Geste. Und das Licht löschte. Und mich an der Hand aus dem Schuppen führte. Die Schuppentür schloss. Mich über den Hof ins Haus geleitete. Durch eine geisterhafte, süßlich nach Zimt und Zucker und eingemachte Zwetschgen und Zitronen duftende Küche, eine knarrende Treppe hinauf, in ihr Schlafzimmer, das, ich schwöre es, genauso aussah, wie ich es mir immer vorgestellt hatte. Und dort, in dem riesigen Bett, in einem Streifen von Mondlicht, in den Armen der wunderschönen, ganz und gar ebenmäßigen weißen Witwe wusste ich vom ersten Moment an, was zu tun war. In jeder einzelnen klitzekleinen, nichtigen oder wichtigen Einzelheit. Als hätte ich mein Leben lang darauf gewartet. Als wäre es mir eingeflüstert worden, mit unhörbarer Stimme, von einer höheren Macht.

Ich kam am nächsten Morgen und am übernächsten und am überübernächsten und kümmerte mich um das Auto. Mit dem Handbuch, das mir Brinkmann geliehen hatte, dessen Vater eine Autowerkstatt betrieb, in dem Kaff, in dem mein Vater lebte, bei dem ich die andere Hälfte meines Lebens verbrachte, seitdem meine Eltern sich getrennt hatten, als ich klein war. Ich wechselte Öl und Wasser und Sicherungen und Lampen. Strikt nach Anleitung. Putzte und polierte den Wagen, bis er aussah wie neu. Wartete, dass die Witwe erschien und mich mitnahm, in ihre Gemächer, mit den Krügen und Kreolen und chinesischen Fächern und Karaffen auf dem jahrhundertealten Waschtisch mit dem blindfleckigen Spiegel einer verarmten Landadligen. Freundete mich mit Blackie an, der vor seiner Hütte an der Kette lag und mir bei der Arbeit zusah. Die Witwe ließ sich nicht blicken. Kein einziges Mal. Bis ich nach getaner Arbeit, am Abend des letzten Ferientags, vor ihrer Tür stand und klopfte, mit rasendem Herzen, und sie öffnete, nach einer halben Ewigkeit, schöner denn je, in ihrem schwarzen Kleid, und mich hereinbat, in die Küche. Und mir ein Glas selbstgemachten Saft zu trinken gab, und ein Brot mit Butter und Salz. Und zwei glattgebügelte, knisternde Hunderter auf den Tisch legte, als Lohn für meine Bemühungen. Und Platz nahm, auf der anderen Seite des Tisches, und mir mit zärtlichen Augen zusah beim Essen, bis ich es nicht mehr aushielt und aufstand und mich hinkniete und meinen Kopf in ihren Schoß legte. Und ihre Finger auf meinem Kopf fühlte, die durch mein Haar strichen. Sehr sacht. Dann sah ich auf zu ihr, mit verschleiertem Blick, weil ich es kaum aushielt, sie anzusehen, und küsste sie. Auf den Hals. Die Schultern. Den Nacken. Den Mund. Und wie himmlisch sie duftete. Und wie himmlisch sie sich anfühlte. Und wie himmlisch sich das anhörte, wenn ihr Atem schneller ging. Ich möchte, dass Du jetzt gehst, hörte ich sie sagen, und im nächsten Moment stand sie in der Mitte des Raumes und nestelte an den oberen Knöpfen ihres Kleides herum. Danke für alles, sagte sie und schob mich aus der Tür.

Eine Weile wartete ich auf dem Hof vor der Hundehütte, Blackie still und ergeben an meiner Seite. Ging nach Hause, weit nach Mitternacht, und kam wieder, jeden Abend, die ganze Woche über. Bis ich am Sonntag die letzte *Stuyvesant* aus der zerknautschten Packung zog, Blackie den Kopf tätschelte und in die Scheune ging, wo zwischen Werkbank, einem Haufen Strohballen und der verrosteten Hollywood-Schaukel der blitzsauber gewienerte und geschmierte *Mercedes* stand. Noch immer unbenutzt. Setzte mich ans Steuer und blies den Rauch gegen die Windschutzscheibe, durch die sich, wie ich erst jetzt entdeckte, ein feiner Riss zog, der in einen Sprung mündete. Oder umgekehrt. Dann stieg ich aus und kniete mich auf den Boden. Zog eine Handvoll Strohhalme aus dem erstbesten Ballen und hielt die Zigarette daran. Nur um das Stroh glühen zu sehen in der Dunkelheit. Bis ein paar Funken in die Nacht stoben und die Lunte Feuer fing.

Thomas Agricola. Herr Horandt meint, er wäre besser nicht rangegangen, als das Telefon klingelte, Freitagabend, zwei Minuten nach Ladenschluss. Doch nimmt Horandt, den Gebrüdern Harald und Helmut stets zu Diensten, den Hörer ab und bereut es im selben Moment: Es ist Thomas Agricola, der anruft. Spross einer alteingesessenen Dynastie. *Big Money.* Häuser oben auf dem Süllberg und unten am Falkensteiner Ufer. Eine Straße, die nach den Agricolas benannt ist. Bezeichnenderweise nur in eine Richtung befahrbar. Thomas Agricola selbst wohnt, vergleichsweise bescheiden, in einer Villa im Treppenviertel, zweigeschossig, mit Elbblick und Gattin und Gärtner und Köchin. Nun ist ein Gespräch mit Thomas Agricola, wie Herr Horandt aus Erfahrung weiß, immer eine Herausforderung und kein Zuckerschlecken, selbst in treuer Verpflichtung den arbeitgebenden Brüdern gegenüber, zumal nach Feierabend. Was er denn für Herrn Agricola tun könne, fragt Horandt mit honigsüßer Stimme. Agricola sagt, er veranstalte ein kleines Fest, etwa 250 geladene Gäste, und bräuchte kurzfristig etwa einhundert Kisten diverser Getränke alkoholischer und nichtalkoholischer Natur, da der Sülldorfer Getränkemarkt seines Vertrauens, wie sich unlängst herausgestellt hätte, nicht die gewünscht kurzfristigen Lieferkapazitäten besäße. Kein Problem, Herr Agricola, sagt Herr Horandt, nimmt geduldig die Bestellung auf und hebt sich die ultimative Frage bis zum Schluss auf: Zu wann, Herr Agricola, sagten Sie, brauchen Sie die Getränke? Zu morgen, sagt Agricola. Bei aller Liebe, sagt Herr Horandt, das, Herr Agricola, ist in der Kürze der Zeit nicht machbar. Dann sorgen Sie dafür, dass es machbar ist, sagt Thomas Agricola, der ein alter

Schulfreund von Harald Wanka ist. Beide Abi gemacht am Blankeneser Gymnasium und anschließend zusammen beim Bund gewesen. Bestellung ist schon raus, sagt Horandt, vor Montag geht da nichts. Mir egal, wie Sie's machen, fährt Agricola dem Marktleiter über den Mund, ich erwarte Ihre Lieferung morgen zwischen 10 und 12 Uhr vormittags. Wenn wir Sie aus dem Bestand beliefern, sitzt ganz Blankenese am Wochenende auf dem Trockenen, sagt Horandt. Keine Reaktion. Also unternimmt Horandt einen letzten verzweifelten sisyphoshaften Anlauf: Außerdem haben wir am Samstag keinen Fahrer. Dann besorgen Sie einen, sagt Agricola und legt auf.

Eine Weile sitzt Horandt in seinem Büro und starrt an die von außen verspiegelte Glaswand, die das Kabuff vom Einkaufsmarkt trennt. Unvermittelt tritt er gegen den Papierkorb, der in hohem Bogen durch den Raum und aus der Tür fliegt, gegen die Stechuhr prallt und die Treppe Richtung Örtlichkeiten hinunterpoltert. Dann blickt Horandt auf den Zettel mit den Telefonnummern, der an einem Bord neben dem Feuerlöscher hängt, und wählt meine Nummer.

So sieht man mich, am Samstagvormittag, Punkt zehn, am Strandweg vorfahren, 94 Getränkekisten an Bord, die ich auslade, Kiste für Kiste, bevor ich insgesamt 47 Mal, je eine Kiste in jeder Hand, die Treppen hinaufsteige bis vor das Tor des Agricola'schen Anwesens, wo ich die Kisten zwischenlagere, um anschließend weitere 47 Mal (je 1+1 Kisten) den Weg vom Tor hinauf zu Agricolas Haupthaus zu gehen. Von seinem Fenster im Erker aus begutachtet Agricola in unregelmäßigen Abständen die Operation. Sein Gärtner hat Anweisung, den Lieferschein entgegenzunehmen. Das Ganze auf Rechnung. Ein warmer Händedruck. Danke, auf Wiedersehen.

Hat sich die Aktion wenigstens gelohnt?, fragt Marktleiter Horandt, als ich mich am Samstag halbeins ausstempele. Nein, sage ich. Kein Trinkgeld? Kein Trinkgeld. Hat wenigstens jemand mit angefasst? Nein, sage ich, niemand.

Am Montagmorgen, Minuten nach Ladenöffnung, schickt Agricola seinen Gärtner. Auf der Ladefläche des Agricola'schen Pick-ups auf dem Parkplatz: 37 Kisten retour, davon 18, die nicht von *Wanka* stammen, sondern von dem ominösen Sülldorfer Getränkemarkt. Geduldig erklärt Marktleiter Horandt dem Gärtner, dass er zwar die 19 Kisten zurücknehmen könne, die er selbst (durch mich) geliefert hätte, jedoch nicht die 18 Kisten, die aus dem Getränkemarkt stammen. Der Gärtner zückt das Telefon, tippt eine Nummer ein und reicht den Hörer an Horandt weiter. Sie werden die Ware komplett zurücknehmen, Horandt, sagt Agricola, und ich werde mich bei Harald Wanka persönlich über Ihre Art der Marktleitung beschweren.

Am Dienstag fährt Harald Wanka vor, stapft gewohnt grußlos an der Belegschaft vorbei in Horandts Büro und hält seinem Marktleiter Agricolas Schreiben unter die Nase. Horandt erklärt seine Sicht der Dinge. Wanka hört sich das kommentarlos an und gibt dann Anweisung, die Ware komplett zurückzunehmen und sich schriftlich bei Thomas Agricola zu entschuldigen.

Am Mittwoch drückt mir Horandt einen Präsentkorb samt Entschuldigungsschreiben in die Hand. Dies geht an Thomas Agricola, sagt er und zeigt mir das Schreiben Agricolas, das Wanka im Büro hat liegen lassen. Im dritten Absatz des einseitigen Schreibens stolpere ich über folgenden Satz: »Der Lieferant, der beim Ausliefern von mehreren Helfern tatkräftig unterstützt wurde, erhielt aus meiner Hand ein großzügiges Trinkgeld.«

Am Nachmittag stehe ich vor Agricolas Haustür, Präsentkorb samt goldgerändertem Entschuldigungsschreiben der Marktleitung in der Hand, und klingle. Agricolas Frau öffnet die Tür. Bedaure, sagt sie, mein Mann ist nicht zuhause. Dann möchte ich, dass Sie ihm Folgendes ausrichten, sage ich: Ich habe, erstens, bei der Lieferung vom Samstag keine tatkräftige Unterstützung und zweitens kein großzügiges, sondern vielmehr gar kein Trinkgeld erhalten. Hier ein kleines Geschenk des Hauses. Ich werde es ausrichten, sagt Frau Agricola und nimmt den Präsentkorb entgegen.

Und tatsächlich richtet Frau Agricola meine Nachricht aus. Und zwar umgehend. Denn schon am Donnerstagvormittag ruft mich Marktleiter Horandt zu sich ins Büro. Harald Wanka möchte Sie sprechen, sagt er und reicht den Telefonhörer an mich weiter. Zwei Minuten lang brüllt Wanka mir auf eine Weise Vulgarismen ins Ohr, die mich an meinen Onkel Phil erinnert, der bei seinen cholerischen Anfällen manchmal so außer sich geriet, dass ihm die Luft wegblieb und er anfing, mit Maulschlüsseln oder Radkreuzen auf den gusseisernen Werkstattofen oder die

Motorhaube eines frisch zur Reparatur reingekommenen Autos einzuprügeln. Als Wanka fertig ist, reiche ich den Hörer an Horandt zurück, der mich mit einem Handzeichen bittet, noch zu warten.

Einige Instruktionen Harald Wankas später legt Horandt auf und dreht sich in seinem Drehstuhl zu mir herum. Kriegt sich wieder ein, der Alte, sagt Horandt und zwirbelt seinen Schnurrbart. Ich nicke. Stille. Und was Agricola betrifft, sagt Horandt, der Typ ist der mehr oder weniger lebende Beweis für meine alte These: Du kannst Geld haben wie Heu und in einem Haus oben auf den Hügeln leben, im nobelsten Viertel der reichsten Stadt Deutschlands, und trotzdem der letzte asoziale Wichser sein. Ich nicke. Stille. Fazit, sagt Marktleiter Horandt und nimmt eine Prise *Gekachelten*, das war das letzte Mal, dass ich nach Feierabend ans Telefon gegangen bin. Ja, sage ich, einmal dem Fehlläuten der Nachtglocke gefolgt und es ist niemals wieder gutzumachen.

Miss Camaraderie. Mit Vivi ist das Leben leicht. Sie ist warm und weich und hell und heiter und freigiebig und schön wie die Sonne. Und mehr als alles andere ist sie ganz sie selbst. Ohne Argwohn und Hintergedanken. Im Winter, auf der Schlittschuhbahn, sieht sie aus wie eine russische Schönheit à la Anna Karenina, in ihrem weißen Mantel mit dem verschnörkelten eisblauen Girlandenmuster, dem roten Mützchen und dem selbstgestrickten Schneeflockenschal. Im Sommer leuchten ihre Haare orange, unten am Elbstrand, wo sie uns Eis und Waffeln kauft und ihren Kopf an meine Schulter legt, sehr sacht, während wir die Containerschiffe am Hafen ein- und ausfahren sehen und uns fragen, ob der japanische Frachter vielleicht eine Tanzkapelle an Bord hat auf seinem langen Weg von Osaka oder Nagasaki nach Hamburg und wieder zurück. Für die Zeit eines bilderbuchhaft sonnigen Wetterabschnitts meines Lebens ist Vivi der Anker, der mich verbindet mit dem, was Ana Arden das Hier und Jetzt nennen würde. Sie gleicht niemandem, den ich kenne, und ist so ganz und gar anders als all die anderen Lieben meines Lebens. Sie ist der einzige Mensch, dem ich je begegnet bin, dem ich mich völlig willen- und wehrlos ergebe, weil sie nie versucht, mich zu verändern. Oder zu belehren. Oder zu bekehren. Weil sie mich zum Lachen bringt. Weil sie mich nimmt, wie ich bin. So wie ich sie nehme, wie sie ist: unpünktlich, selbstvergessen, leichtsinnig. Sie verliert Geld, Schlüssel, Scheckkarten, Handys, Aufladegeräte, Pullover, Pässe, Parkas, Portemonnaies und nur zwei Tage nach ihrer Rückkehr das frisch in New York gekaufte heißgeliebte Azealia-Banks-T-Shirt. Schafft niemals auch nur annähernd, was sie sich vornimmt. Lässt für einen Kaffee und ein Stück Kuchen mit Sahne beim Konditor um die Ecke jederzeit jeden noch so wichtigen Auftrag auf dem Nähtisch ihrer im Chaos von Schnittmustern, Scheren und Schablonen versinkenden Schneiderwerkstatt versauern. Liebt Schmuck, Seife, Feuerwerk, Kirschlakritze. Spielt Gitarre wie eine Göttin, wenn man bedenkt, dass sie nie übt, ausschließlich Songs aus dem 21. Jahrhundert und drei Klassen besser als ich. Backt mir Mandel-Zitronentarte und vergisst die Mandeln. Liest mir aus der Zeitung vor. Hebt Zeit und Raum und sämtliche Uhr- und Jahreszeiten auf. Legt mir die Karten und erzählt mir von ihrem früheren Job als Fremdenführerin und ihrer Kindheit als ältestes von drei Geschwistern und Vorzeigetochter eines Hamburger Reeders, den sie nur am Sonntag beim Abendessen zu Gesicht bekam, wenn er mit feierlicher Miene den von der Köchin zubereiteten Braten anschnitt, und einer Mutter, die ihre Tage vor dem Fernseher verbrachte, Früchtebrot aß und Pullover für die drei Dutzend Kinder und Kindeskinder ihrer sage und schreibe sieben Schwestern strickte.

Einmal, ein einziges Mal küssen wir uns, Vivi und ich, im Nieselregen, auf einer Parkbank, am Altonaer Balkon, und es ist, als wüssten wir beide, es wäre besser, so schnell wie möglich damit aufzuhören, weil wir sonst, beide, nie genug davon bekämen. Zärtlich sieht sie mich an, wie nur sie mich ansieht, mit ihren regenverwaschenen, maronenfarbenen Maikäferaugen und dem schönen Mund eines Cowboys, und beginnt zu sprechen. Als wolle sie Garn spinnen. Ein schnurrendes Kätzchen, das sich auf der Fensterbank in der Frühlingssonne räkelt. Plappert drauflos, von allem und jedem. Nur nicht von Carl, ihrem Freund, mit dem sie zusammenlebt seit werweißwievielen Jahren. Weil ich sie ins Wanken bringe, sagt sie, und Carl ihr einziges Geheimnis bleiben muss. So wie ich für Carl ein Geheimnis bleibe. So wie Du nach all den Jahren noch immer ein Geheimnis für ihn bist, sage ich, und ein offenes Buch für mich. Und Vivi lächelt und küsst mich auf den Mund, so zärtlich und versonnen wie nur was, und leckt sich die Lippen und sagt: Die Wahrheit ist: Wir sind zu schön, um wahr zu sein, Liebster.

Summer Job, oh mein Gott. Ich parke den Wagen in zweiter Reihe vor der Einfahrt, im absoluten Halteverbot, wie immer in Blankenese, in dem jedes volljährige Mitglied jeder ortsansässigen Familie mindestens ein eigenes Auto in der beheizbaren Garage stehen hat, sofern es praktischerweise nicht direkt vor der Haustür geparkt ist, zwischen zwei Fahrten zum Frisör oder zur Schule, ganz zu schweigen von den Lawinen an PKWs und LKWs und Kastenpritschenwagen und 2- und 3- und 3,5-Tonnern, die sich jeden Tag ins Viertel wälzen, um ihre speziellen Dienstleistungen zu erbringen: Renovierungen, Restaurierungen, Reparaturen, Umbauten, Einbauten, Anbauten, am Haus, im Haus, im Garten, Begradigungen, Entkernungen, Sanierungen. Dazu die Touristenschwärme in ihren Eigenwagen und Reisebussen. Und ich, Leon Spihr, Sohn eines deutschen Maschinenschlossers und einer amerikanischen Kunsthistorikerin aus Decatur, Illinois, ihrerseits Tochter eines amerikanischen GIs, der seine Familie »Muss I denn«-singenderweise nach Friedberg mitbrachte, als er 1963 in Elvis' Fußstapfen trat. Leon. Den alle immer nur Leon nennen, in der deutschen Sprechweise. Obwohl ich angelsächsisch *Lee-on* ausgesprochen werde. Wogegen ich mich zur Wehr setzte, erfolglos, eine Weile, in der Grundschule und vielleicht auch noch die ersten zwei, drei Jahre am Gymnasium. Bis ich es aufgab, weil niemand es kapieren wollte. Nicht mal die, denen ich es zehn, zwölf oder zwanzig Mal erklärt hatte. Wird wieder frech, der kleine Spihr, ab zum Direx, aber zack!

Ich quetsche mich in die Lücke, direkt zwischen den Behindertenparkplatz und die zum Abholen bereitstehenden Papiertonnen, Ferdinands Höh, nur ein paar Häuser von der ominösen #10 entfernt, blättere in der schwarzen Kladde und entnehme ihr den Lieferschein. 6 Flaschen *Pommery Cuvée Louise.* 6 Flaschen *Prosecco Cartizze.* 3 Flaschen *Aperol.* 3 Flaschen Gin Marke *Monkey 47.* 12 Flaschen *Thomas Henry Tonic Water.* Dazu ein opulenter Lebensmittelkorb, Schwerpunkt: Häppchen. Anlass: ein Empfang oder etwas in der Art. Adressat: Kunstmann. Ein nicht ganz unbelasteter Name im Repertoire der nicht ganz unbelasteten Namen meiner illustren Vergangenheit. Der Zerstreuung halber denke ich an Antje. Oder Doris. Die ziemlich sexy war in jungen Jahren und 1972 im *Circus Krone* Leonard Cohen auflauerte, backstage, mit belegter Stimme und Schlafzimmerblick, im Gepäck Udo Jürgens, der neben Cohen aussah wie ein deutscher Schlagerfuzzi im Schatten eines *International Playboy* und Poeten. Und genau das war. Ein deutscher Schlagerfuzzi im Schatten eines *International Playboy* und Poeten. Sonst hätte sich Doris an Udo gehalten. Und nicht so derart hemmungslos an Cohen rumgegraben, mit dem erklärten Ziel, ihm beim ersten Zungenkuss nach dem gemeinsamen Nachtmahl einen Trip zu verpassen, der sich gewaschen hat, um ihn entführen zu können, in ihrem *Porsche Carrera,* in ein sagenumranktes märchenhaftes Jagdschloss vor den Toren Münchens und ihn in sieben aufeinanderfolgenden Nächten durch sämtliche 24 Betten in sämtlichen 24 Gemächern zu zerren, bis ein Spaziergänger ihn am Ersten des Folgemonats besinnungslos, erschöpft, nackt und ausgezehrt vor der örtlichen evangelischen Kirche aufgelesen hätte. Der einzigen im Umkreis von tausendundeinem Kilometer.

Dass es tatsächlich Kunstmann ist, der noch dazu in Blankenese wohnt, hätte selbst ich, der gewohnheitsmäßig und aus schierem Selbstschutz immer mit allem rechnet (und nur die variierende Stärke der Ausschläge schwer einschätzen kann), nicht im Traum gedacht. Dafür 9 Komma 2 auf der seismografischen Richterskala. Hätte Kunstmann, den alten Knochenbrecher, eher in Fuhlsbüttel verortet. Oder Salinenmoor. Oder Stammheim. Und trotzdem – irgendeine dunkle, totengräberähnliche Stimme im letzten dunklen, verfunzelten Winkel meines Herzens meldet sich zu Wort, wenn auch sehr unbestimmt, und behauptet, mit Fug und Recht, ich hätte von Anfang an, beim allerersten Blick ins Wanka'sche *black book*, gewusst, und zwar todsicher, dass es Kunstmann ist, den ich beliefere. Was mir im selben Moment klar wird, als Kunstmann die Tür öffnet. Oder nein. Es ist gar nicht Kunstmann selbst, der die Tür öffnet. Es ist – Krimhild. Und dafür die volle Zwölf Komma Null.

Soap.

»Leon–?«

»Cream –«

»Was – was machst Du hier?«

»Ich hab eine Lieferung für Dich – im Wagen.«

»Eine Lieferung?«

»Champagner. Gin. So'n Zeug.«

»Für unseren Stehempfang heute Abend. – Du bist der Lieferant von Wanka? Ich dachte, Du spielst in dieser Band. Die mit dem Hit. Schönwetterirgendwas.«

»Gibt es nicht mehr.«

»Oh. Das tut mir –«

»Alles gut. Mache das den Sommer über. 'n bisschen sortieren.«

»Verstehe. Und dann?«

»Mal sehen. Und Du?«

»Na, Du siehst ja. Wohne hier. Mitten in Blankenese.«

»Mit – Kunstmann?«

»Ja. Komisch, wie die Sachen laufen manchmal.«

»Ist er – da?«

»Kunstmann? Nein. Ist die ganze Woche über unterwegs. In Hongkong und Shanghai und so weiter. Arbeitet als Unternehmensberater.«

»Ich wusste nicht, dass –«

»– wir verheiratet sind? Tja, hätte ich auch nie für möglich gehalten. Hatten uns aus den Augen verloren, jahrelang, und uns dann zufällig wiedergetroffen, auf einer Messe. Ich als Hostess und er als rechte Hand vom Chef.«

»Ich dachte, Du –«

»Ich weiß, was Du sagen willst, und es stimmt: Ich mochte Kunstmann nicht, damals, aber irgendwas an ihm hat mir imponiert. Schon immer. Und als er dann so richtig Gas gegeben hat, damals nach der Messe –«

»Liebe auf den zweiten Blick.«

»Ja. Kann man so sagen: Liebe auf den zweiten Blick. Wir haben geheiratet, in Delaware, spontan, nachts um zwei. Kunstmann hatte da beruflich zu tun. Der Pfarrer dachte, wir wären auf Drogen. *(lacht)* Dann sind wir in der Welt herumgereist, eine ganze Weile, weil Kunstmanns Job es erforderte. Du glaubst nicht, wo ich überall war –«

»Und nun Blankenese.«

»Ja. Nun Blankenese.«

»Ferdinands Höh.«

»Genau.«

»Weißt Du, wer hier gelebt hat, nur ein paar Häuser weiter?«

»Äh – nein.«

Lautes Hupen im Off.

»Scheiße, ich stehe gegenüber, genau vor der Einfahrt. Bin gleich wieder da.«

·

Man verstummt.
Keine Resonanz.
Kein Widerhall.
Keine Leichtigkeit.
Keine Erleichterung.
Müde vom Ankämpfen gegen
die immergleichen Widerstände
am Ende meiner Kräfte
und am Ende aller Bemühungen
erkläre ich
die Kapitulation
und
verstumme –

GEISTERSTUNDE

Man In Black. Von wem oder was, Euer Ehren, ich mich repräsentiert fühle? Von nichts, Euer Ehren. Und niemandem. Keine politische Partei dort draußen, die mir irgendetwas zu sagen hätte. Keine religiöse Gruppierung. Keine noch so kleine Splittergruppe irgendeines mikroskopischen Ablegers einer aus bestem Wissen und Gewissen ins Leben gerufenen rechtschaffen bürgerlichen Bewegung. Kein Vaterland. Kein Fernsehsender. Kein Fußballverein. Keine Menschenseele weit und breit, die mir irgendetwas mitzuteilen hätte, das mich nicht mit gähnender Langeweile oder Verachtung erfüllt. Ausnahme vielleicht: die Hl. Vivi, die einen an das Gute im Menschen glauben lässt. Eine Großzügigkeit, geradewegs, im erbarmungslos willkürlichen Wirken eines Gottes, dem es absolut scheißegal ist, wie wir ihn nennen oder interpretieren oder abbilden oder nicht abbilden. Der sich ins Fäustchen lacht über so viel Borniertheit und Engstirnigkeit und Rechthaberei um jeden Preis, der unser Tun genauso geifernd kriegsgeil und sexgeil und sensationsgeil mit dem Prügel in der Rechten und der Pulle in der Linken verfolgt wie wir alle, die wir das Morgenmagazin einschalten, um nur ja nicht zu verpassen, was über Nacht so an Neuestem und Allerneuestem vor sich ging im undurchschaubaren Dickicht der Weltkrisen, beim Mittag in der Kantine das Tittengirl auf der Titelseite mit dem des Vortags vergleichen und abends vor dem Fernseher einschlafen, in der Telefonsexwerbepause irgendeines Privatsenders oder einem unfassbar verschnarchten sozio-realistischen kleinen Fernsehspiel auf den uns alle gleichermaßen repräsentierenden Öffentlich-Rechtlichen. Welcher verfickte Kanal hat in den letzten zwanzig Jahren von Staats wegen auch nur irgendeine

Sendung verstrahlt, die es wert gewesen wäre, eine von Staats wegen erhobene Pflichtgebühr zu entrichten? Und gebe ich einen verfickten Scheiß darauf, dass wir eingesperrt sind, alle, in einem fein ausgeklügelten, hochsubtilen System, das sich auf den ersten Blick sehr wohl, in der Symptomatik jedoch kein bisschen von dem unterscheidet, was es 1945 ein für alle Mal zu überwinden galt. Und die Moral von der Geschicht nach 70 Jahren Demokratie und Markt- und Meinungsfreiheit? Lehrt uns, passenderweise, der ewig Schwarz tragende amerikanische Regisseur, der am Ende seines Lebens mit Blick auf den smogverhangenen blauen Hollywoodhimmel vom Gefühl des Aufbruchs erzählt, am ersten Morgen nach Wannsee-Konferenz, Bergen-Belsen, Nagasaki. Und Ihr Resümee, Mr. Director?, fragt ehrfürchtig der Mann von der *bloody Sunday Times*. My résumé, sagt der Regisseur und nimmt für die Ewigkeit von zehn Sekunden und zum ersten Mal seit siebzehn Jahren (dem Tod seines im Swimming Pool ertrunkenen drogensüchtigen Sohnes) die Sonnenbrille von der römischen Hakennase: My résumé, son: The future is so bright, I gotta wear shades.

Alles, Euer Ehren, könnt Ihr einsperren, äußerst kunstvoll und ausgeklügelt. Alles könnt Ihr kaufen und verkaufen und inszenieren und relativieren und ins Gegenteil dessen verkehren, für das es stand, in aller ursprünglichen Würde und Unschuld und Schönheit. Alles könnt Ihr zähmen und verwässern und als Werbespot wiederversenden. Alles. Doch nicht den wilden Mann in meinem Kopf.

Krimhild. Alle, Jungs wie Mädchen, waren augenblicklich verschossen in die Neue, die am Morgen nach den Osterferien vom Direx in die Klasse geführt wurde. Wie einen frisch ausgerissenen und wieder eingefangenen Sträfling hielt er sie ausgestreckt am Arm, während er sie vorstellte: Katharina Kriems, frisch hergezogen aus Worms, der ältesten Stadt Deutschlands, in unsere schöne norddeutsche Fachwerkperle in der Südheide, macht die 9. hier zu Ende, dürfte kein Problem sein, bei dem Top-Zeugnis, das ihre Eltern vorgelegt haben, also seid nett zu ihr und zeigt ihr alles, damit sie sich schnell hier einlebt und sich gut zurechtfindet. Abgang Direx, zurück in sein sicheres, pfeifenvernebeltes Feuerzangenbowlenreich hinter dem efeuumrankten Sekretariat, mit Blick auf den Biogarten und die Raucherecke, wo die appetitlichen Oberstufenschülerinnen ihre Kurzepausen-*Marlboros* pafften. Keine von ihnen, soviel war klar, und dies auf den allererersten Blick, konnte es in Sachen Appetitlichkeit auch nur im Entferntesten mit Katharina Kriems aufnehmen. Die aussah, als käme sie aus einem anderen Jahrhundert. Einem anderen, schöneren Universum. Einer anderen, besseren Welt. Mit ihrem sonnenfleckigen, kurzgeschnittenen Haar, das in der Sonne glänzte wie fließender Honig, in dem sich fleißig die Bienen tummelten oder rettungslos verklebten und versanken, je nach Sichtweise, mit Haut und Haar und Stachel und Fühlern. Ihren ständig von grün nach braun nach orange und wieder zurück changierenden Katzenaugen, die einen ganz wirr im Kopf werden ließen, wenn man nur lange genug hinsah. Ihren altmodisch weißen 50er-Jahre Strickmusterkniestrümpfen, den knielangen Röcken mit abgesetzter Goldborte und atemberaubend eng anliegenden Blusen mit Blümchenstickmuster. Alle, ich schwöre, alle waren auf der Stelle verknallt, bis über beide Ohren, in Katharina Kriems. Unsere Sonnengöttin. Die Bienenkönigin, um die wir kreisten. Tumbe, farblose, nichtswürdige Drohnen. In stiller Demut. Und selbst die Dorftrottel aus den Zonenrandrandgebieten, die jeden Morgen stundenlang mit dem Bus unterwegs waren, um rechtzeitig in der Schule zu sein, und sich für Computerspiele und *Krieg der Sterne* interessierten und zuhause *Spandau Ballet* hörten, waren hingerissen von Katharina Kriems, die alle immer nur Katharina nannten, weil kein Spitzname der Welt ausreichend schien für unsere Königin.

Bis wir in der Zehnten, zweites Halbjahr, in Deutsch die *Nibelungen* durchnahmen und aus Katharina Krimhild wurde. Die heiß geliebte Frau des deutschen Ur-Ur-Superhelden Siegfried, die dessen Tod mit einem Blutbad rächt, das sich gewaschen hat, selbst für gewohnt gründliche deutsche Verhältnisse. Nicht gerade eine Spitzenreferenz für einen Spitznamen. Doch beschwerte sich Krimhild kein einziges Mal. Hielt den Namen in Ehren, als wäre er eine Art Auszeichnung oder Beweis ihres blaublütigen, göttinnengleichen Geschlechts, das, wie sich nach und nach herausstellte, wie jede glückliche oder unglückliche Familie, sein ganz eigenes Schicksal zu tragen hatte.

Jemand traf Krimhild weinend im Filmraum an. Jemand sah sie in der Apotheke verstohlen ein Medikament in der Tasche verschwinden lassen. Jemand brachte ihr die Hausaufgaben, als sie, laut Klassenlehrerin, mit nur allzu menschlichem grippalem Infekt im Bett lag, und kam am nächsten Morgen mit der Nachricht in die Klasse, Krimhild sei gar nicht krank, sie kümmere sich um ihre Mutter, die seit Jahren das Zimmer nicht verlassen habe, weil sie an Depression und Angstzuständen und Migräne litt. Ungefähr zur selben Zeit begannen die Sitten am Hofe sich zu lockern: Krimhild wurde beim Rauchen auf der Toilette erwischt. Krimhild schrieb eine Fünf in Physik. Krimhild tauchte angetrunken auf einer Party auf, nestelte sich beim Tanzen die obersten Knöpfe der Bluse auf und knutschte mit zwei Jungs gleichzeitig herum. *Bad Chick.* So wurde aus Krimhild im Laufe der Oberstufe Cream. Das Sahnehäubchen. *The icing on the cake.* Die Kirsche, die es zu pflücken galt. Einige Mitglieder ihres Gefolges fielen ab, proportional zum Verfall der höfischen Sitten, andere wagten sich weiter vor als ihnen zustand oder gut tat. Doch kam niemand von uns über eine Partyknutscherei hinaus. Und alle, die das Gegenteil behaupten, lügen.

Woher ich das weiß? Weil Krimhild es mir gesagt hat. Mir. Ausgerechnet. *The boy least likely to.* Der Typ, der im Unterricht immer nur schläft, immer nur gähnt, immer nur fehlt. Der ständig Stress mit den Lehrern hat und dreimal die Woche beim Direx antanzen darf. Der Typ, der seine Nachmittage zuhause damit verbringt, Songs aufzunehmen, die niemand je zu hören bekommt, sonnenflirrend und wehmütig und ein wenig versaut, wie der letzte zäh zerfließende Spätsommerseptembernachmittag einer längst vergangenen, sehnsüchtigen Epoche, auf einem tragbaren Old-school-Vierspurrekorder aus einem dieser Elektroeckgeschäfte auf dem Weg zur Schule, die es irgendwann alle nicht mehr gab. Ausgerechnet mir, dem Loser und Grübler und verhinderten Hofnarren, schüttete die Königin ihr Herz aus. Warum? Weil ich sie niemals Cream hatte nennen können und sie für mich immer Krimhild geblieben war. Die schöne Rächerin ohne Gnade. *My little Versailles.* Meine große Liebe, sieht man von Marie ab, deren Bild ich im Herzen trug, seitdem ich drei war. Zusammen gingen wir schwimmen, Krimhild und ich, und ins Kino, hörten Platten, in ihrem Turmzimmer mit Blick auf den Park, verliefen uns, Keats, Yeats und Wilde zitierend, in den endlosen lichtgrünen Fluchten des Stadtfriedhofs, fuhren ziellos im Wagen von Krimhilds Daddy durch die Gegend (Dankrat) und tranken Kaffee in stillen Gärten alter abgelegener Landgasthäuser. Niemals versuchte ich sie zu küssen oder sie zu umarmen. Niemals übertrat ich die Grenze. Niemals dachte ich auch nur einen Augenblick daran, die unsichtbare Linie zu überqueren zwischen dem Pöbel und der Potentatin. Der Ochlokratie und dem Absolutismus. Bis Krimhild selbst von ihrem Thron herabstieg, aus ihrem wunderbaren Zauberreich ins flache Land der Sterblichen, ihren aufgespannten Regenschirm im hohen Bogen ins Gebüsch werfend, und mich küsste, zum Abschied, nach dem Theater, an der Bushaltestelle *Am Bahndamm,* gleich hinter dem städtischen Gefängnis. Und wer weiß, ob es der Regen war, der mir die Wangen hinunterlief, als ich der Bahn nachsah, in der Krimhild verschwand, oder die letzten salzigen süßen Tränen einer verlorenen Kindheit –

Briefe an Vivi 3: Filme von Morgen. Schule, Familie, die streitenden Eltern, Verwandten, Bekannten, das alles, meine schöne Eskapistin, ließ sich nur im Halbdämmer ertragen und auch dann nur halbwegs. Also verbrachte ich Jahre allein, in meinem Zimmer, den Kopf ans warme Röhrenradio gelehnt, dessen Sender sich, wie von Geisterhand, alle paar Minuten von selbst verstellte und unversehens von den *Ronettes, Rubettes* oder *Roxy Music* auf *Radio Luxemburg* zu einem geisterhaften *Harmonia*-Konzert kurz vor *Hilversum* wechselte. Nutzte die erste Gelegenheit, meine ganz eigene damaskische Straße zu nehmen, kaufte mir einen Plattenspieler und zog um nach Hamburg, wo ich nach vier oder fünf verlorenen Semestern mein Studium abbrach, weil ich ein Volontariat beim deutschsprachigen Ableger einer in Kritikerkreisen als Mutter aller Musikfachpublikationen angesehenen Musikfachzeitschrift bekam, das ich, kurz vor Damaskus, schmiss, weil das Magazin in den *Springer Verlag* wechselte. Auch wenn meine Eltern, wie ich Frau Dr. Marslinger in seligen Ochsenzoll-Tagen zu ihrer Bestürzung berichten musste, mir in ihrem verzweifelten Bemühen, ihre eigenen wackligen Existenzen einigermaßen im Griff zu behalten, nicht viel mit auf den Weg gegeben hatten, waren sie sich doch in so manchen grundsätzlichen Erziehungsfragen einig gewesen. Dazu gehörte folgendes Gebot: Leg niemals auch nur den kleinsten Teil deines kleinsten Fingers auf oder an ein aus dem Hause Springer stammendes Erzeugnis, wie bunt bebildert, hochglänzend und betörend frisch es auch am Kiosk nebenan ausliegen mag. Da traf es sich gut, dass mein alter Schulpappkamerad Böttcher vor der Tür stand, eines unverhofften späten arbeitslosen Nachmittags, frisch von der Filmhochschule. Bewegte Bilder schön und gut, meinte er, in gewohnter Beredsamkeit, doch sei die Zeit reif und genau richtig dafür, dort weiterzumachen, wo wir zu Schulzeiten aufgehört hatten. Also schrieben wir Songs, probten im Bunker am Heiligengeistfeld, zusammen mit zwei von Böttchers Kumpeln an Drums und Bass, und traten auf, zuerst in Hamburg, dann überall im Land. Nannten uns, auf Böttchers gewohnt sanft insistierendes Drängen hin, etwas großspurig und prätentiös *Die Filme von Morgen.*

Fühlte sich gut an, eine Weile, als wäre es das, was ich immer schon hatte machen wollen, und ich bedankte mich bei Böttcher, eines alkoholselig sentimentalen Abends nach einem Gig in Kiel oder Köln-Kalk oder Castrop-Rauxel, und sagte, ohne ihn wäre mein Leben nicht das, was es war. Dann, meine schöne Muse, kamen drei Dinge, die alles Schöne auf unschöne Weise ins Gegenteil verkehrten: der Plattenvertrag. Das Ego. Die Drogen. Nicht unbedingt in exakt dieser Reihenfolge.

Filme von Gestern. Der größte Witz bei der Sache? Am Ende war ich es, der den Vertrag mit dem Label erfüllte und das dritte Album fertigstellte. Im Alleingang. Ich. Die Diva. Das *entfant terrible*. Der Junge mit dem Drogenproblem. Legitimer Nachfolger des legendären Grünen Manalishi, der in einer nassen warmen Frühlingsnacht Anfang der Siebziger auf einem Jagdschloss bei Landshut, zwischen künftigen *RAF*-Mitgliedern, prominenten Vertretern des Münchner Jetset und eigens aus Transsilvanien eingeflogenen leibhaftigen Vampiren zu ohrenbetäubend lautem Krautrock einen Trip einwarf, von dem er nie mehr zurückkehrte. Das Album bekam, was es verdiente. Schlechte Kritiken, Platz 37 in den Charts. Die Bestätigung dessen, was ich seit spätestens dem zweiten Album wusste: Wir hätten nach dem ersten Album Schluss machen sollen.

Am letzten Abend im Studio nahm ich, in einer sentimentalen Abschiedsgeste an die erträumte Pop-Karriere, an Böttcher und The Drums und The Bass, die einige Jahre meine besten Freunde gewesen waren und alles was ich im Leben hatte, vor allem jedoch an Böttcher, eins von seinen Demos, badete es in einem Meer von akustischen Gitarren, sang engelsgleich die Harmonien über den Refrain und klebte das Ganze nach einigem Hin und Her als *hidden track* ans Ende des fertigen Masterbandes. Brachte mir exakt fünf Anrufe ein: Clark, der Label-Boss, fragte, ob dieser Kitsch zum Schluss wirklich sein musste. Böttcher hinterließ eine Schimpftirade auf meinem AB, die ich leider nicht für die Nachwelt festhielt, und Bengt, ein dänischer Filmproduzent, wollte den Song im Abspann für einen Kinofilm um ein Hamburger Mädchen mit Hüftluxation haben, die sich in Kopenhagen in einen Glasknochenkranken verliebt. Danach? Lange Zeit nichts mehr. Obwohl der Song sich knappe eineinhalb Millionen Mal verkaufte, nachdem der Film Preise auf irgendwelchen Festivals gewonnen hatte. Und Clark mitsamt seinem Label vor der Insolvenz bewahrte. Und Böttcher reich machte, relativ gesehen, der als Songautor den Löwenanteil an Tantiemen einstrich. Ihr alle kennt das Ding, wenn Ihr das Radio anstellt und die Streicher einsetzen, bevor Böttcher mit seiner samtigen Jungsstimme anhebt: »*Mein Schönwetterfreund / Ich hab heut nacht von Dir geträumt.*« Dann der vierte Anruf. Von einem Dr. Soundso, Medienanwalt höchsten Ranges mit Kanzleien in Hamburg, Berlin und London. Sagte, er verträte The Drums und The Bass und wen nicht noch alles in der schönen großen glitzernden Welt des Showbiz, der *Bambies* und *Lolas* und *Echos* und all der anderen inflationären öffentlich-rechtlich finanzierten gegenseitigen Beweihräucherungsarien. Schlug ein gemeinsames Treffen vor. Im *Interconti.* Wozu? Um Böttcher zu verklagen, der sich dumm und dämlich verdiente, während der Rest der Band in die Röhre guckte. Es ist Böttchers Song, sagte ich, und ich, für meinen Teil, will um nichts in der Welt je wieder irgendwas damit zu tun haben. Nicht mit dem Song. Nicht mit The Drums. Nicht mit The Bass. Und am allerwenigsten mit Böttcher! Der mir allen Ernstes eine Reunion nahelegte, nachdem der *Rolling Stone* allen Ernstes eine späte *Filme von Morgen*-Würdigung gedruckt hatte. Womit wir beim fünften und letzten Anruf wären.

Du weißt, was der *Rolling Stone* ist, Böttcher!?, brüllte ich in den Hörer. Oder muss ich es Dir sagen: die deutsche Dichter-und-Denker-Version der internationalen reaktionären Musikbestandsbewahrungsbewegung. Axel Springer Arm in Arm mit Keith Richards. Die Meinhof dreht sich im Grabe um, auch wenn sie ihr das Gehirn rausgeschnitten haben, bei Nacht und Nebel, in der Zwischenzeit. Alles, Böttcher, alles verkehrt sich ins Gegenteil oder wird mit neuem Etikett versehen und in den *Classic-Rock-Showcase*-Kanon eingepasst. *Re-issue! Re-package! Re-package!*, Böttcher! Und da kommst Du und rufst mich an, zum ersten Mal seit werweißwievielen Jahren und sagst Du willst eine Reunion? Jede verschissene Band des Universums hat ihre Zeit, Böttcher. Die besten Bands wissen darum und lösen sich auf, bevor sie zum Abziehbild ihrer selbst verkommen. Die weniger guten machen weiter und verwässern alles, was sie essenziell gemacht hat. Die schlechten Bands, Böttcher, machen weiter, so lange, bis sie irgendwann tot von der Bühne kippen, in einem Baseballstadion in Minnesota oder einer Multiplexarena in Mannheim, beim 16 764. Durchlauf von »Sympathy For The Devil« oder irgendeiner anderen beliebig ausgelutschten Kamelle, deren Bedeutung über die Jahre hinweg mit jeder Stadionrockversion immer mehr in die diabolische Maske dessen verkehrt wurde, was Jean-Luc Godard sich 1968 so unter Gegenkultur vorstellte. Doch nur die allerallerallerschlechtesten Bands auf Erden, Böttcher, starten eine Reunion. Das ist es, was unsere große gemeinsame Schulliebe *The Beatles* so *fab* gemacht hat, in den unvorstellbar coolen *nineteeneighties*, in denen unvorstellbarerweise nichtmal die *Fab Four* cool waren, weil nichts in den *nineteeneighties* als cool galt, was wirklich cool war.

Und so, Böttcher, können wir Mark David Chapman, diesem größten lebenden Schwein unter der Sonne, danken, dass er unseren Schulhofhelden Nr. 1 umgelegt hat, an einem kalten New Yorker Dezemberabend, sodass gar nicht erst irgendwelche sentimentalen Regungen auf irgendeiner Seite aufkommen konnten. Reunions, Böttcher, ganz egal wie unbedeutend die Band und wie klein die Fangemeinde, haben einen einzigen Grund: den Komplettbankrott aller Beteiligten. Ob geistig, finanziell, künstlerisch oder persönlich oder alles zusammen spielt keine Rolle. Und was für ein Treppenwitz von einer Reunion, Böttcher, die sich auf einen einzigen Song gründet, den wir nicht einmal zusammen eingespielt haben, den Du gehasst hast, und der nie ein Hit geworden wäre, wenn die zu *international stardom* aufgestiegene Hauptdarstellerin unseres kleinen skandinavischen Filmchens nicht auf *Facebook* gepostet hätte, dass dieser seltsame *Kraut*-Song, von dem man kein Wort versteht, seit Tagen auf ihrem iPhone-6-Punkt-Sonstwas rauf und runter läuft, während sie sich für Hollywood die Schamhaare waxen lässt. Das alles, Böttcher, hat mit Scham nicht das Geringste zu tun und ist, wo wir schon beim Schämen sind, so lachhaft, dass man sich einpissen könnte darüber, wenn es nicht gleichzeitig so scheiße traurig wäre, dass –

Böttcher? – Böttcher? – Hallo? – Hallo, Böttcher?

Frau Chaikh. Überall um uns herum in den Elbvororten leben die Fünfziger fort: Papa nimmt am Morgen den neuen *BMW* und fährt ins Büro, isst mit den Kollegen zu Mittag im Club, kommt abends spät heim und geht am Wochenende segeln. Mama kümmert sich darum, dass die Haushälterin spurt, fährt im *SUV* die Kinder zur Schule, beginnt am Mittag Cocktails zu mixen und verbringt ihre Freizeit im Tennis- oder Golfclub, wo sie nach dem fünften oder sechsten *Singapore Sling* mit den Schulleistungen der Kleinen angibt, die tatsächlich unter dem Druck leiden, ein halbwegs vernünftiges Abi hinzulegen, weil sie nicht so helle sind wie Mama und Papa es gern hätten, und zwischen Hausaufgaben, Polotraining, Geigen- und Klavierunterricht kaum Zeit finden, ein Leben zu führen, das auch nur im Entferntesten an das eines Teenagers erinnert. Kleine Erwachsene unter großen Erwachsenen, die sich am Wochenende, wie in einer klassischen Cheever- oder Carver-Story beim Picknick am Rande des Bundesligaspiels gegen *Klipper* auf der in der Sommerpause vollständig aus Privatmitteln grundrenovierten lokalen Hockeyanlage einfinden, um die Ereignisse der Woche zu diskutieren: Halbfinale *GNTM*, Nachwuchs bei den Battenbergs, Angelina Jolies Eierstock-OP, *Winnetou*-Remake als Weihnachts-Dreiteiler-TV-Event. Nichts als zombiehafte Wiedergänger in Sissiland: Helene Fischer gibt die Cornelia Froboess, Johannes von Revolverheld (oder irgendein x-beliebiger Möchtegernposterboy) den Peter Kraus (oder, wahlweise, den Peter Alexander), und Lena Meyer-Landrut hätte vielleicht das Zeug zur jungen, aufstrebenden Romy Schneider, mit allen Brüchen und Krisen und Drogengeschichten, wenn sie nur das elendig provinzielle Hannover aus dem Organismus bekäme. Als hätte es die Sechziger mit allen Höhen und Tiefen nie gegeben. Nur bei Frau Chaikh ist alles anders.

Sie empfängt mich, wie eh und je, in der offenen Tür ihres blütenweiß gestrichenen Luxus-Penthouse-Appartements auf der anderen Seite des Hochsicherheitszaunes oben am Süllberg mit einem Glas *Rüttgers Club* in der linken und einer hanseatisch staatsmännischen *Reyno* in der rechten Hand. Ihre Stimme ist rauchig und tief, etwa auf halbem Weg zwischen Bonnie Tyler und Amanda Lear. Zwei Kehlkopfoperationen hat Frau Chaikh hinter sich gebracht, in den letzten drei Jahren, was sie nicht davon abhält, täglich zweieinhalb Packungen wegzupaffen. Ich bringe ihr Nachschub, einmal die Woche, in Form von zwei Stangen, dazu Wodka, Weißwein, Weißbier, Sekt. Frau Chaikh zahlt bar, mit großen Scheinen, die sie mit gelbstichigen Fingern aus einem abgewetzten Kellnerinnenportemonnaie angelt. Sie ist freundlich, jovial, kumpelhaft und ein wenig anzüglich. Sie fingert mir am Revers herum, gibt großzügige Trinkgelder und ist immer kurz davor, mich auf ein Bierchen einzuladen, ins Wohnzimmer, mit den orangeroten Plüschsofas und Nippesfiguren in Setzkästen und gerahmten Mondrian-Kunstdrucken und dem Plakat, das eine Lyonel-Feininger-Werkschau im Februar '76 ankündigt. Noch vor meinen Augen öffnet sie die erste Flasche Hefeweizen, fast beiläufig, mit dem Feuerzeug, wie der Automechaniker am Ende der 8½-Stunden-Schicht, und sieht mir dabei zu, wie ich mich mit dem Lieferschein abmühe, gelieferte Ware gegen Leergut verrechne, Liefergebühren draufschlage und die Gesamtsumme errechne. Immer im

Kopf, sagt sie bewundernd, immer ohne Taschenrechner, bevor sie applaudierend und ohne jede Häme in die vielfach dick beringten Hände klatscht und ihre drei fetten Kater aufscheucht, die vom zugeklappten Deckel des verstaubten Klaviers neben dem auf Kipp stehenden Balkonfenster träge in die rauchgeschwängerte Luft blinzeln. Das macht 79,37, Frau Chaikh, sage ich. Umständlich kramt sie in ihrer Kellnerinnenbörse und drückt mir einen Hunderter in die Hand. Zehn zurück, sagt sie, dreht das Radio lauter und stimmt ein in den Refrain irgendeines Oldiesbut-Goldies, vom abgeschmackteren Teil des erweiterten Softrock-Spektrums, *Bridge Over Troubled Water, The Air That I Breathe, Wish You Were Here*, halb singt sie, halb summt sie, während ich mich bedanke und ihr einen zerknitterten Zehner hinhalte, den sie achtlos in die Börse schiebt, bevor sie die Flasche auf dem Glastisch vor dem Sofa parkt. Ich will Ihnen etwas zeigen, sagt sie, nimmt mich bei der Hand und führt mich durch den Flur hinüber ins Schlafzimmer.

Hier sind die Vorhänge zugezogen, sodass Frau Chaikh Licht machen muss, bevor sie Platz nimmt, auf dem Stuhl vor dem Waschtisch direkt neben der Tür, an dessen Spiegel ein Foto klebt, das sie behutsam ablöst und mir hinhält, ohne mich anzusehen. Biarritz '74, sagt sie und pafft einen Kringel in meine Richtung, der das Bild für einen Moment perfekt umrahmt: eine brünette Schönheit unter azurblauem Himmel vor einem silber blitzenden *Mercedes* an einem goldgelben Sandstrand. Miss Campingplatz bin ich geworden, damals, sagt sie, drei Jahre am Stück, '74, '75, '76. Danach sind wir nicht mehr hingefahren, Charlie und ich, weil Charlie sich in diesen Immobilienknilch aus Jork verguckt hatte. Wechselte das Ufer, sozusagen. Sie schnippt die Asche auf den tiefen, ausgeblichenen, ehemals froschgrünen Teppich und hängt eine Weile ihren Gedanken nach. Bis die Zigarette fast runtergebrannt ist und ich sie aufwecke aus ihren Träumen. Eine Schönheit waren Sie, Frau Chaikh, sage ich, etwas unbeholfen, und reiche ihr das Foto zurück.

Miss Campingplatz Biarritz '74–'76 schnippt das Bild achtlos zu den Kosmetikgegenständen auf dem Waschtisch und weist mit der Zigarette, die inzwischen nur noch aus einem schier endlosen Stück Asche besteht, das sich gegen jedes Gesetz der Schwerkraft an den Filter klammert, auf das Bett an der Wand gegenüber. Sie glauben nicht, was hier los war früher, sagt sie und klingt sehr müde und alt plötzlich, Sie glauben nicht, wer hier alles durchgegangen ist, Männlein wie Weiblein, sommers wie winters, Tag und Nacht. Frau Chaikhs Schultern beben, und für einen Moment fürchte ich, dass sie zu weinen beginnt. Doch schenkt sie mir ein hinreißendes Lächeln, als sie mir den Kopf zuwendet und ihre lippenstiftverschmierten Zähne zeigt. Dabei hat es gerade mal 120 Mark gekostet, sagt sie strahlend. Das Bett, setzt sie sicherheitshalber hinzu. Anfang der Siebziger. Haben es in dem Trödelladen unten am Bahnhof gekauft, an einem Sonntagnachmittag, weil King Karol den Besitzer kannte. Kam extra aus Rissen angefahren, um den Laden aufzuschließen. Und dann haben wir es eingeweiht, King Karol und ich, den ganzen restlichen Sonntag lang. Und den Montag noch dazu. Ich schaue von Frau Chaikhs roten Zähnen zur runtergebrannten Zigarette in ihrer Linken und wieder zurück. Und gerade, als ich nach einer passenden Überleitung zum Abschied suche, kippt die Asche vornüber, direkt auf den Bademantelsaum, der Frau Chaikhs blaufleckige, doch noch immer schöne und schlanke Beine bis zu den Knien bedeckt. Und wie aus fernen Welten sieht sie mich an, mit großen, kajalumrandeten, kornblumenblauen Augen, während Daumen und Zeigefinger ihrer rechten Hand, als würden sie ein Eigenleben entwickeln, die Asche auf dem ausgefransten Stoff zu einem grauen Fleck verreiben.

Kunstmann. Kunstmann, ich will meine Zähne zurück! Den Schneidezahn links, den abgebrochenen halben Eckzahn direkt daneben und den kompletten vorne rechts. Keine Ahnung, ob Du in Deinem Turmzimmer sitzt, des Nachts, mit Deinen schönsten Exemplaren, sie drehst und wendest, zwischen Deinen blutfleckigen Fingern, sie aufreihst und auftürmst und polierst, oder sie einfach nur achtlos auf den Berg zu den anderen wirfst, um Dich zu suhlen, in den Trophäen deiner Kampfkunst, wie Dagobert Duck sich im Münzgeld suhlt. Denn dies, Kunstmann, ist deine Währung: Blut und Zähne. So hast Du Dich nach oben gearbeitet. Nicht auf die feinsinnig subtile Weise, auch wenn es den Anschein haben mag, heute, mit Frau und Kindern, die kommen werden, früher oder später oder auch nicht, und Villa mit Garten und Doppelgarage in Blankenese. Du, Kunstmann, kennst keine Zwischentöne. Du kennst nur eins: schwarz oder weiß. Zuerst zuschlagen oder zuerst geschlagen werden. Dafür, Kunstmann, warst Du berühmt, oder besser: berüchtigt, in unserem kleinen romantischen Puppenhausstädtchen. Für Deine rechte Gerade, Deine ansatzlose Kopfnuss und die Tritte in den Unterleib wehrlos am Boden liegender Opfer. In der Woche gingst Du zur Schule, mustergültig, wie es sich für einen Jungen aus bestem Hause gehörte. Kein auch nur halbwegs etwas auf sich haltender Haushalt weit und breit, der nicht mindestens einen *Teppichhaus-Kunstmann*-Teppich im Wohnzimmer liegen hatte. Dann aber, am Freitag nach der Schule und den Wochenendhausaufgaben, ging es raus. Auf die Piste. Mit Deinem Freund Jonas Fisk, unvermeidliches, immer rauchendes, trinkendes, palaverndes, unergründlich tumbes Faktotum, das Dir aus der Hand fraß und gehorchte. Aufs Wort. Oder weniger als das: Ein Wink von Dir genügte und Fisk holte einen ahnungslos die Straße hinunter radelnden Gymnasiasten vom Fahrrad und brach ihm das Nasenbein. Weil Dir, Kunstmann, die Gymnasiastennase nicht gefiel oder der Haarschnitt oder die Klamotten oder das Fahrrad. Oder Dir einfach nur danach war.

Am Wochenende, Kunstmann, gehörte die Stadt Dir. Und Du überzogst sie mit Terror. Es sei denn, Du warst in Sachen Fußball unterwegs, mein *sweet and tender hooligan*, und hautest anderen Fußballfans aufs Maul, mit der Fahrradkette des Jungen, dem Fisk das Nasenbein gebrochen hatte. Nur dann, Kunstmann, wenn Du unterwegs warst, am besten zum Auswärtsspiel, konnte man durchatmen und einigermaßen sicher sein, wenn man aus dem Haus ging, am Samstagabend, in der Kneipe ein Bier trank oder Billard spielte im *Riley's*, zumindest bis die Briten kamen, unvorstellbar trinkfest und unvorstellbar gewalttätig, sobald der Pegel überschritten war. Kippten zwölf Pints pro Kopf in knapp einer Stunde und begannen beim kleinsten Anlass, von einem Moment auf den anderen rotzusehen und den Laden auseinanderzunehmen, in schöner Regelmäßigkeit, bis die britische Militärpolizei anrückte und sich alle brav wie die Lämmer abführen ließen, in die mit laufendem Motor wartenden Jeeps. Die Tommies, Kunstmann, waren eine Plage. Du, Kunstmann, warst die Pest. Mit Deinem Scheiß-*HSV*-Schal, am Sonntagmorgen, am Bahnhofsplatz, mit Deiner Lederjacke und Deiner Röhrenjeans und Deinen Kampfstiefeln und der *Jack-Daniels-Cola*-Dose, mit dem Rücken zum Betrachter, in der Tür der restlos überfüllten Frittenbude. Du warst erbärmlicher in Deiner blinden Zerstörungswut, als die Engländer es je waren, die immerhin Grund hatten, sich gehen zu lassen, in einem fremden, kalten Kriegsverliererland voller Krauts, und uns das Einzige brachten, was einem das Leben versüßte, in der stickigen, lausigen und endlos langweiligen Provinz: den Radiosoldatensender. Der, wie jeder andere Sender auch, bei Tage nichts anderes spielte als übelstes Chartsfutter und die neuesten Nachrichten aus Tschernobyl mit der letzten *Wham!*-Single garnierte. Doch wenn es still wurde, draußen in der Stadt, und die Lichter in den Fenstern angingen und ein feiner Regen zu fallen begann, spülte uns das Abendprogramm all die Bands in den Äther, die man sonst nie und nirgendwo zu hören bekam. Nicht im Fernsehen. Nicht im Radio. Und, ja, es stimmte, was der Kinderchor am Abend über das Programm am Tage sang: *HANG THE DJ! HANG THE DJ!! HANG THE DJ!!!*

Doch von all dem, Kunstmann, bekamst Du nichts mit, in Deinem Teppich-Imperium, gehätschelt und getätschelt und protegiert und rausgepaukt von den besten Anwälten der naheliegenden Landeshauptstadt, wenn wirklich mal was schief lief. Bis Ihr, Fisk und Du, in einer Freitagnacht nahe der Militärkaserne in Fassberg oder Fallingbostel oder Fallersleben oder irgendeinem anderen verfickten Heidekaff einen britischen Militärfunker, *POC*, so übel zugerichtet habt, mit Backsteinen, Stacheldraht und einer Wasserrohrzange, dass der Mann zwei Jahre im Krankenhaus verbrachte, *back home in* Birmingham oder Bristol oder Brighton, bis die Ärzte am Ende waren mit ihrem Oxford-Latein und ihn nach Hause entließen, wo seine

Frau den Rest ihres Lebens damit verbringt, ihm nach dem *petit déjeuner* den Mund und nach dem großen Geschäft den Hintern abzuputzen.

Und wir alle, die ganze Stadt, Kunstmann (ich möglicherweise mehr als jeder andere), warfen die Arme zum Himmel empor, für ein Halleluja!, dass Du endlich, endlich weggesperrt würdest, mitsamt dem Faktotum, für Jahre oder, besser noch, den Rest Deines Lebens, bis man Dich finden würde, eines schönen Morgens, in Deiner Zelle, mit aufgeschlitzten Pulsadern, neben Dir auf dem Boden das Teppichmesser, das Deine Mutter in den Knast geschmuggelt hatte, auf Deinen Wunsch hin, bei der Sonntagsvisite, weil sie es für eine sentimentale Regung Deinerseits zu halten geneigt war oder einen ersten zarten Versuch, die Gitterstäbe Deiner Zelle anzusägen.

Doch kam es anders, Kunstmann, und nicht wie es kommen musste, und es war, als hättest Du es immer gewusst. Mit breitem Lächeln stehst Du dort, schwarzweiß, zwischen zwei Anwälten, am Fuß der altehrwürdigen Stufen des Gerichts, auf der zerknitterten archivierten Titelseite unserer Tageszeitung, die Dich all die Jahre immer und immer wieder verteidigte, weil Dein Vater jeden zweiten Mittwoch im Monat eine Doppelseite Werbung buchte. Du kassiertest Deinen Freispruch, während Fisk in den Knast marschierte. Als Sündenbock. Für Euch beide. Anstandslos. Wie es seine Art war.

Ich frage Dich, Kunstmann: Hast Du ihn vergessen, nach all den Jahren, oder schickst Du ihm Almosen, in seine kümmerliche 2-Zimmer-Wohnung in irgendeinem Vorstadtblock unserer untoten Heimatstadt? Oder der namenlosen Stadt, in der er seine viereinhalb Jahre absaß? Wir wissen es beide, Kunstmann: Weiter als ein paar hundert Meter vor die Haus- oder Zellentür kann Fisk nicht ohne Dich. Ich frage Dich, Kunstmann: Liegst Du wach, manchmal, nachts, und hoffst, dass er nicht auftaucht eines Abends, das Gesicht unförmig plattgedrückt an der Fensterfront deiner Terrasse, und Dich fragt, wie es sein konnte, dass er im Knast saß, all die Jahre, während Du Karriere machtest, mit dem Geld Deiner Mutter? Oder dass er, noch schlimmer, anfängt von den guten alten Zeiten und Dich fragt, ratsuchend, ob es nicht an der Zeit wäre, da weiterzumachen, wo Ihr aufgehört habt, in jener Nacht, als alles aus dem Ruder lief? Wahrscheinlich, Kunstmann, ist es Dir scheißegal. Und Fisk ist Dir scheißegal. Weil in Deiner Welt nichts zählt, außer nackten Zahlen. Und Zähnen. Und weil niemand in dieser ganzen gottverdammten Stadt so wenig zu seinem gottverdammten Nachnamen passt wie Du.

Love Is In The Air. Am Freitag nach Dienstschluss vergesse ich, den Wagenschlüssel ans Bord über der Stempeluhr zu hängen, wie von Vivi geplant. Ein paar Stunden verbringe ich damit, den Elbstrand auf und ab zu laufen und den Kindern beim Baden und Eis essen und Muscheln sammeln zuzusehen, bevor ich mich, im zeitlichen Sicherheitsabstand von einer halben Stunde nach Ladenschluss, auf Zehenspitzen über den verlassenen Hof zum Wanka'schen Lieferwagen zurückschleiche. Ich sehe mich um, nach allen vier Seiten, steige ein, starte den Motor und brause davon, ohne von einer Menschenseele gesehen zu werden. Auf zum Kinnarodden!, juchzt Vivi, als ich sie abhole, zur verabredeten Zeit, in ihrer Schneiderwerkstatt. Zusammen fahren wir raus aus der Stadt, gen Norden, bis Vivis Magen zu knurren beginnt und wir Halt machen, an einem Landgasthof, wo wir zu Abend essen, sehr gutbürgerlich und sehr reichhaltig: Hochzeitssuppe, Rührei mit Krabben und Vanilleeis mit heißen Himbeeren zum Nachtisch.

Auf dem Heimweg entdeckt Vivi ein Hotel, hell erleuchtet, am Waldrand, vor dessen Toren einige Dutzend Wagen parken. *TANZABEND*, buchstabiert sie von einer Tafel an der Einfahrt und bittet mich anzuhalten. So unauffällig wie möglich mischen wir uns unter die Gäste und tanzen einigermaßen unbeholfen Walzer zu den Klängen einer beschwingten Band, die der Wirt einmal im Vierteljahr aus Lettland importiert, wie er uns bei einem Bier an der Bar verrät. Vivi nutzt die nächste Pause und flirtet mit dem Gitarristen. Ich bin kurz davor, ernsthaft eifersüchtig zu werden, als beide zusammen zu mir herüberkommen und Vivi mir atemlos eröffnet, sie hätte ein Arrangement für mich getroffen. Mein Freund Arnold aus Riga sucht einen Sänger, sagt sie mit ihrem bezauberndsten, bierschäumenden Lächeln. Und noch während ich halbherzig protestiere, stellt Arnold mich den Bandkollegen vor. Zusammen kippen wir einen Schnaps. Dann stehe ich auf der Bühne, zum ersten Mal seit werweißwievielen Jahren, und singe drei Songs mit der lettischen Tanzkapelle: *Love Is In The Air*, *Suit & Tie* (ohne Jay-Z) und *Hey Jude*, in dessen Coda der gesamte Saal einfällt. Ich verbeuge mich vor dem applaudierenden Publikum und blicke zu Vivi hinüber, die hinreißend aussieht, in ihrem hellblauen Kleid mit dem weißen Kragen, und johlt und klatscht wie ein kleines Kind. Also noch eine Zugabe (*Never Can Say Goodbye*) und dann ab in die Betten. Nur leider nicht zusammen hier im Hotel, haucht Vivi, als wir zurück in den Wagen klettern, ich muss nach Hause und Du musst das Auto zurückbringen. Und zum ersten Mal in all der Zeit mit dieser zauberhaft schönen, einem fernen, vergessenen Märchen entsprungenen tapferen Schneiderin regt sich in mir so etwas wie Widerspruch, und ich bin kurz davor, die Hand auf Vivis nacktes Knie zu legen und sie zu bitten, hier im Hotel zu bleiben mit mir, nur diese eine unvergessliche Nacht. Doch stattdessen drehe ich den Schlüssel im Schloss herum und schlucke die Worte hinunter, die mir auf der Zunge liegen, und im nächsten Moment sind Vivi und ich nur noch zwei rotglühende Lichter, die sich in parallelen Linien in der Nacht verlieren.

Kolchose Blankenese. Mehr als alles andere verlangt dieser Job Contenance. Mit der ist es jedoch allerspätestens vorbei, als mir der Tankwart, Ortseingang Ost, am Montagmorgen zum ungefähr sechsten Mal erzählt, ich müsse beim nächsten Mal zuerst die Tankfüllung bezahlen, bevor ich den Wagen die fünf Meter zur Waschstraße fahre, weil er sonst die Polizei riefe. Um die Wahrheit zu sagen, bin ich kurz davor, die Süßigkeitenauslage als Trittbrett zu nutzen, über die ausgelegten *BILD-* und *Morgenpost*-Stapel zu steigen, den *BIC*-Feuerzeug-Ständer samt dem verranzten Kreditkartenlesegerät vom Tresen zu fegen und ihm fein säuberlich die oberlehrerhafte Fresse zu polieren. Was ihn, unseren Adalbert, einzig und allein rettet, ist die Tatsache, dass er eine Brille trägt.

Anschließend, *back at the basement*, Auftritt Heike Wanka, die bei Bedarf gerne selbst Hand anlegt, um deutlich zu machen, wie unfähig das Personal sich anstellt. Sie überschüttet die Belegschaft mit Schimpfworten, von denen »Schwuchtel« und »Schlampe« noch die harmloseren sind, und gebärdet sich insgesamt so intensiv nach dem Motto »Arbeit macht frei«, dass man den Verdacht nicht loswird, an ihr sei eine Top-KZ-Wärterin verloren gegangen. Respekt gegenüber den Angestellten? Fehlanzeige! Sie navigiert am äußersten Rand des vom Gesetzgeber vorgegebenen Rahmens – und sollte dieser gesprengt werden, eines reaktionär-revanchistisch revolutionären Tages, wird Oberaufseherin Wanka die Erste sein, die ihre Kassiererinnen zu Zwangsarbeiterinnen umdeklariert und mit vorgehaltener *Luger* oder *Walther* zwingt, sich vor ihr auf jede erdenklich schamlose und für alle sichtbare Weise zu erniedrigen. Bis dahin: keine Anerkennung, keine Rückendeckung, keine Belohnung für Leistung. Nicht einmal ein warmer Händedruck zu Weihnachten. Entsprechend: keine Motivation bei niemandem, auch nur den kleinsten Finger krummer zu machen als unbedingt nötig. Hier im Hause Wanka unterscheidet sich der Kapitalismus, mehr als irgendwo sonst im Umkreis von fünf Kilometern Luftlinie die Elbe hinauf und hinunter, in seinen Konsequenzen in nichts, aber auch gar nichts vom real existiert oder nicht existiert habenden Sozialismus. Die Wankas halten die Hand auf, bis der Pachtvertrag ausläuft, in ein paar Jahren, und ein Nachfolger gefunden ist, der den Laden meistschmiergeldbietend übernimmt. Und der Rest? Muss sehen, wo er bleibt. Und das Einzige, was uns hier, mitten in Europa, vom Rest der Welt unterscheidet, ist die Tatsache, dass wir keinen Elektrozaun und kein privates bewaffnetes Wachpersonal brauchen, um unsere Superreichen vor den aus den Vorstadtslums einfallenden Kriminellen zu schützen. Oder den Flüchtlingsströmen aus den einst so fernen Bürgerkriegsgebieten. Wer dies für ein Fanal von Demokratie und Freiheit hält, dem wird spätestens dann speiübel, wenn er sieht, wie feinsinnig die Fäden gesponnen sind, die das ganze Konstrukt zusammenhalten. Oder wie der Dichter sagt: Äußerst kunstvoll sind wir eingesperrt!

Ein kurzer Blick hinter die Kulissen genügt. Erster Eindruck: Die Kunden sind umgänglich hier bei *Wankas* und bedanken sich artig, wenn man ihnen an der Kasse den Vortritt lässt, wenn auch auf etwas vorsichtig-kurzsichtige Weise, als hätten sie Angst, man könnte jeden Augenblick die *Kalashnikov* zücken und die Herausgabe des Codes für den feuerfesten Safe hinter der goldgerahmten Elblandschaft in Öl im Ankleidezimmer ihrer bescheidenen Behausung fünf Geländewagenminuten entfernt verlangen. Andere machen sich gar nicht erst die Mühe und versuchen es auf die vornehm-nassforsche Weise. Motto: Ich schlitze dir mit meinem versilberten Brieföffner, den mein Großvater aus seligen Kolonialzeiten von Afrika hier hat raufschippern lassen, chinatownmäßig die Nase auf, bevor du auch nur auf Hamburger Platt »Klabautermann« sagen kannst. Die meisten jedoch schicken lieber gleich ihre Hausmädchen, Putzfrauen, Gärtner, Swimmingpoolreiniger, Köchinnen und rechnen jedes Leergutflaschenpfand mit dem Taschenrechner nach.

Ja, hart, aber herzlich geht es zu in den Villen der Einheimischen. Denn hier ruht das Kapital. Hier ruht das Gewissen. Hier ruhen die ungelösten Fragen der Menschheitsgeschichte, weil niemand auch nur eine Millisekunde daran zweifelt, die Antworten zu kennen. Sämtlich. Und wen doch der Zweifel packt, auf dem Sofa vor der ausladenden Fensterfront, oben in den luftigen Hügeln, mit Blick auf den stoisch gen Nordsee fließenden Fluss, der wendet sich an mich und ich verweise ihn (oder sie) an Heike Wanka, die nun wirklich alle drängenden Fragen einfürallemal für sich und alle anderen geklärt hat. Fünf Minuten mit der Oberaufseherin in ihrem Büro hinter den verspiegelten Schwingtüren und der Kopf ist wieder klar. Und so sieht man mich pendeln, zwischen den Welten, ein seltsamer Mittler, der von Mindestlohn, einem Zeitarbeitsvertrag und dem Trinkgeld verhärmter

Millionärswitwen lebt, in meinem weißen *DELIKATESS-WANKA*-Lieferwagen mit den aufgemalten Leckereien am Fond (Braten, Brot, Milch und Honig, Wein, Wassermelone, Walnüsse), durch tiefe Täler und auf lichte Höhn, über Stock und Stein, hinunter zum Strand und hinauf zum Süllberg und zu Waseberg und Kösterberg, durch Notenbarg und Goßlers Park und Pepers Diek und Sachtestieg und Phillipsstrom und Rugenbohm und Sagebiel und Schlagemihl.

Kaffee mit Cream. Jede Wette: Krimhild hat den ganzen Kram nur bestellt, um mich wiederzusehen. Also sitzen wir in ihrer sonnenüberfluteten Luxusküche, trinken Cappuccino aus ihrer verchromten Luxuskaffeemaschine und unterhalten uns über die guten alten Zeiten. Und die Jahre danach. Und, oh mein Gott, wie viele Jahre das sind inzwischen und wie klein doch die Welt ist, lacht Krimhild und fährt sich durchs honigfarbene Königinnenhaar, das sie nun lang trägt, mit kleinen Schaukeln, die Stunden brauchen, morgens vor dem Spiegel, mit dem Onduliergerät oder zweimal die Woche beim Friseur: GALA lesen, Latte trinken und sich wohlig zurücklehnen, während Windy, die Lieblingsfriseurin aus Norwegen vom Wetter erzählt und vom anstehenden Weltuntergang, während sie so angenehm Linien auf der Kopfhaut zieht, beim Haarewaschen, mit den Fingerspitzen, dass man am liebsten aufstehen möchte, um sie zu küssen, zart und leidenschaftlich zugleich, mitten auf den Mund. Wenn sie nur nicht so geschmacklos angezogen wäre und die Haare nicht grün gefärbt hätte, und wenn schon grün, dann wenigstens dezent ins Türkise gehend und nicht dieser aufdringliche Giftfroschton. Und apropos grün, noch immer wechseln Krimhilds Augen die Farbe, je nach Lichteinfall und Blickwinkel, und ihre Miene ändert sich mit jedem zweiten Satz. Noch immer wirkt sie gleichzeitig fahrig und geradezu aufreizend in sich selbst ruhend, als könnte nichts und niemand ihr etwas anhaben, als wäre der Kern ihres Wesens völlig abgespalten vom Rest. Eine Schatztruhe, tief unten auf dem Grund des Sees, ein paar konzentrische Kreise auf der Oberfläche, wenn ein Wind aufkommt. Sonst nichts. Herrschaftliche Ruhe im tiefsten

Innern des Bienenstocks. Und nichts hat sich verändert in all der Zeit. Vielleicht sind ein paar Falten hinzugekommen, in den Augenwinkeln, vom Lachen oder Weinen, die es nur aufregender machen, ihr gegenüberzusitzen, sie anzusehen, die Köpfe zusammenzustecken, ihr so nah zu sein, dass ich kaum atmen kann, geschweige denn mich darauf konzentrieren, wie und was sie erzählt, mit diesem feinen, fast unhörbaren Lispeln, von ihrem *Au-Pair*-Aufenthalt in Orlando und dem Versuch des Vaters der Zwillinge, auf die sie aufpassen sollte, sie noch am ersten Abend nach ihrer Ankunft zu vergewaltigen. Von ihrer Zeit im Internat in St. Peter-Ording und ihrer Zeit an der Universität in England und ihrem Abschluss in Frankreich und ihren Jobs als Messe-Hostess und ihrem Jahr in den australischen Outlands, wo sie schwarze Diamanten suchte, die sie an reiche Australier weiterverkaufte, die sie an reiche Amerikaner weiterverkauften, die im Auftrag reicher Chinesen arbeiteten. Undsoweiterundsofort. Nur von Kunstmann kein Wort. Stattdessen die unvermeidliche Frage: Und Du?

Lapidar zucke ich die Achseln, nippe an meinem Cappuccino und mache auf wortkarg, Marke geheimnisvoller Westentaschenweiberheld: War verheiratet, hat nicht lange gehalten. Hieß Ana. Mit einem n. Kam nie zurecht mit dem, was sie meinen Gefühlsüberschuss nannte. Wie die meisten Menschen. Weshalb man lernen muss, die Gefühle auf Sparflamme zu halten. Hat nicht so funktioniert bei mir. Brachte mich in die Klapse für eine Weile. Ochsenzoll, hier komme ich!, sage ich leichthin und lache. Doch lacht Krimhild nicht mit mir. Sie legt eine Hand auf meine und sieht mich an, mit diesem undurchsichtigen, fast flehenden Blick, als wollte sie sagen: Hol mich hier raus, Leon. Lass uns noch mal ganz von vorne anfangen. Egal, wo und wie und unter welchen Bedingungen. Irgendwo, in einem Lustschloss auf dem Lande, oder Luftschloss, meinetwegen. Mit Spitzengardinen und zugigen Fenstern und warmem Gin aus zerbrochenen Teetassen und einem Frisiertisch, dessen viertes Bein wackelt, und einer stumpfen Spiegelscherbe über dem Waschbecken. Dann war da noch die Band, sage ich und sehe sie an und nehme ihre Finger und führe sie an die Lippen, um sie zu küssen. Hauchzart. Warm ist Krimhilds Haut. Und samtig. Naja, sage ich, und meine Stimme klingt ungewohnt belegt, hoch und heiser, und nun … Nun der *summer job*, sagt Krimhild, und ihre Augen wechseln von grasgrün nach lichterloh lodernd. Ja, sage ich und sehe auf eine fiktive Uhr, und genau deshalb muss ich jetzt los.

Nachtbild mit Vivi. Nur einmal ist Vivi traurig. Sie kommt zu mir, in mein kleines ultramarinblaues Unterwasseruniversum, und weint sich aus. Sie bleibt über Nacht und erzählt von ihrem Leben. Mit Carl. Manchmal sind die Dinge so schlimm, sagt sie, dass wir kurz davor sind, darüber zu sprechen. Die einzige Möglichkeit, dem Unvermeidlichen aus dem Weg zu gehen, sagt sie, sind die Pfade, die sie sich sucht, aus jahrzehntelanger Gewohnheit, immer neue Umleitungen, Nischen und Nebenschauplätze. Manchmal, sagt sie, und es ist nur noch ein Murmeln, leise und melodisch, wie der Regen, mit dem der Tag davongeschwemmt wird, den Rinnstein hinunter in die gurgelnden Abflüsse der Stadt, manchmal, sagt Vivi, steht sie mit einem Bein in der Klapse und ist kurz davor zu kapitulieren, vor all den liegengebliebenen Rechnungen und aufgeschobenen Anrufen und unbeantworteten Anschreiben und verlegten Fahrrad- und Haustür- und Wohnungstürschlüsseln, vor all den Notizen und Notizblöcken und Notizbüchern voller Skizzen und Schnittmustern und Scherenschnitten und –

Hauptsache, Du verlierst Dich nicht selbst aus den Augen, unterbreche ich ihren Redefluss, nur damit sie nicht mittendrin einschläft. Alles andere, das Chaos, die Umwege, gehört zu Dir wie die Sonne zum Mond gehört und der Mond zu den Sternen, meine kleine, schöne Lebenskünstlerin. Wenn ich eine Lebenskünstlerin bin, murmelt Vivi und räkelt sich in meinen Armen, keusch und warm, zwischen den Wolldecken auf dem Sofa, das uns als Nachtlager dient, was bist dann Du? Ein Misanthrop, sage ich. Das behauptete zumindest Frau Dr. Marslinger immer, in der Klinik, wenn auch wahrscheinlich nur, um mich herauszufordern. Doch gehen Vivis Atemzüge nun regelmäßig und ihr Kopf sinkt tiefer an meiner Schulter, Zentimeter für Zentimeter, sodass ich die Frage, ganz aus alter Gewohnheit, im Alleingang abhandle: Menschenfeind? Nichts als Spiegelungen eigener Unzulänglichkeiten und Projektionen des eigenen Ichs in den anderen, wie Dr. Marslinger messerscharf diagnostizieren würde. Und so nehme ich alle Schuld auf mich und das Gewicht der Welt auf meine von Dutzenden deliziöser Delikatessauslieferungen gestählten Schultern und beantworte die Frage nach dem Warum von alledem wahrheitsgemäß und ganz im Sinne des Marslinger'schen Credos, das sie mich in all den Ochsenzoller Monaten so gerne ein einziges Mal mit Überzeugung hätte nachsprechen hören: Der Sinn des Lebens ist das Leben selbst. Und finde Trost in dieser schlichten Wahrheit. Im Atmen, Sehen, Hören, Sprechen, Laufen, Essen, Trinken, Schlafen, Träumen und Erwachen. Darin, von Nutzen zu sein. Nicht denken zu können, was ich nicht zu wissen beliebe. Zu lieben und geliebt zu werden. Nach Leibeskräften. Darüber hinaus, Frau Doktor, tröstet nur noch die Kunst. Doch vermag selbst die Kunst mich nicht immer zu trösten. Und immer weniger in letzter Zeit.

Blankenese Mon Amour. Und dann wieder ist es so schön, zum Stein erweichen: die salzige Seeluft am Morgen, das Rauschen der Brandung, die wechselnden Gezeiten, die wechselnden Farben des Wassers bei wechselnden Winden, die Wolken über den glitzernden Wellen, die badenden Kinder am Strand, die Burgen im Sand, die klatschnassen Hunde, die das Elbwasser abschütteln mit dem knallenden Geräusch frisch gehisster Flaggen, all die Erker und Türme und Kuppeln, die verwinkelten Gassen und verwilderten Gärten, all das Grün und Blau und Rot und Gelb, die schiefen Treppen und Treppenstufen, die Schiffe, die sich in die Landschaft schieben, fast lautlos, zwischen Dächern und Schornsteinen und Fahnenmasten und Fensterläden und Wetterhähnen und Sonnenuhren, und fast lautlos wieder verschwinden, die rotweiß gestreiften Leuchttürme und rostrot in der Abenddämmerung leuchtenden Kiefern und Kirchturmspitzen, der Wiesenstärling, der Spatz und der Sperling in Schwärmen am klatschmohnfarbenen Sonnenuntergangspostkartenidyllhimmel, die perfekt getarnten Tag- und Nachtpfauenaugen auf Markisen, Sonnenschirmen, Buntglasfenstern, und ungezählten Ausblicke, die mit dem Hier und Heute so viel zu tun haben wie jeder andere beliebige Moment unseres Erinnerungs- und Denkvermögens, und uns, mit nur ein wenig Wille zur Welt als Vorstellung, mühelos ins Jahr 1975, 1966, 1945, 1929, 1904 zurückversetzen.

Überleben in den Elbvororten, pt. 4756, heute: Blankenese

»Populus me sibilat, at mihi plaudo
ipse domi simul ac nummos contemplor in arca.«

Horaz, »Satiren«

Aufgereiht gen Westen wie die Perlen an der Schnur, jenseits des ewig beidseitig verstopften Nordsüdnadelöhrs, das der Hamburger in einer Mischung aus berechtigter Scham und falschem Stolz Elbtunnel nennt, präsentieren sich die dem namensgebenden Fluss unmittelbar zugewandten Hamburger Elbvororte, einer schöner als der andere: Othmarschen, (Klein- und Groß-)Flottbek, Nienstedten und, *last but not least*, am äußersten Ende, als krönender Abschluss einer erlesenen Sammlung Blankenese. Othmarschen hat die kurstädtisch anheimelnde Renommiereinkaufsmeile (Waitzstraße), Flottbek die *International School of Hamburg (ISH)*, den Polo-Club, das zärtlich *EEZ* genannte Elbe-Einkaufs-Zentrum und die kastaniengesäumte, schönste Kirche der Stadt, Nienstedten hat die Militärische Führungsakademie, den Internationalen Seegerichtshof, Brigitte Kronauer und die mit einigem Abstand teuersten Immobilien, doch hat keine der drei Schönheiten, was Blankenese hat. Eine Aura, so märchenhaft malerisch und majestätisch schön, dass es eines eigenen Regelwerks bedarf, den zielstrebig aus aller Welt herbeireisenden Neugierigen das Manövrieren in den engen, viel befahrenen und dicht an dicht zugeparkten Straßen, Gassen und Chausseen unseres kleinen blank polierten Elbjuwels zu erleichtern.

Hier nun also die wichtigsten Tipps und Kniffe für ein möglichst kurzweiliges Verweilen an einem Ort der Verzückung und Berückung: Was, wie uns *Wikipedia* lehrt, um das Jahr 1300 herum für hanseatische Verhältnisse ungewöhnlich bescheiden als Fischerdorf am Unterlauf der Elbe begann, entwickelte sich spätestens im späten 19. und frühen 20. Jahrhundert zu einem standesgemäß großbürgerlichen Villenviertel, das der Blankeneser, bei allem Willen zum Vorzeigen, seitdem ständig, standhaft und mit allen Mitteln gegen Eindringlinge jeder Art zu verteidigen sucht. Gäste und Besucher werden für die Dauer ihres Aufenthalts geduldet, unterliegen dabei jedoch strengsten Auflagen. So würde kein Einheimischer je auch nur auf die Idee kommen, irgendjemandem und schon gar keinem Auswärtigen den Vortritt (und schon gar nicht die Vor*fahrt*!) zu lassen, ihm die Tür aufzuhalten, sich für eine Höflichkeit oder Gefälligkeit zu bedanken oder auch nur einen Schritt zur Seite zu treten. Niemals entschuldigt sich der Blankeneser. Um und für nichts in der Welt. Der gemeine Besucher, einerlei ob Tagesausflügler, Verkäufer, Handwerker oder Lebensmittellieferant, bleibt ausgeschlossen von einer hermetisch abgeriegelten Population, die sich selbstbewusst auf Tradition, über Jahrzehnte hinweg gewachsene politische Seilschaften, mit der Muttermilch eingesogenen Dünkel und einen ausgesprochenen Hang zur Besitzstandswahrung gründet. Deren höchstes Gut und oberstes Prinzip bis in die letzten Schichten der letzten Präkariatsablagerungen des letzten verrufenen Hamburger Wohnsiloghettos weit draußen im Osten ganz am anderen Ende der Stadt wirkt: Rechthaben um des Rechthabens willen

ist der stillschweigend verankerte Grundstein allen Blankeneser Lebens und Treibens, was zu einer permanenten
Prozesslawine unter- und gegeneinander und gegen den
gesamten gemeinen Rest der Welt vor den Toren unseres kleinen gallischen Dorfes mitten im norddeutschen
Flachland führt, das der Blankeneser außergerichtlich
nur verlässt, um seinen Abonnements im bürgerlich
verankerten *Thalia*-Theater, der Hamburger Staatsoper
sowie der Konzertreihe in der altehrwürdigen Musik-
halle nachzukommen, deren Umbenennung in Laeisz-
halle im Jahre 2005, er stoisch ignoriert. Kann man sich
nicht merken, diesen abscheulichen und noch dazu aus-
ländisch klingenden Namen, und noch weniger kann
man ihn aussprechen, nur gut, dass demnächst die Elb-
philharmonie kommt, auch wenn es am Ende ein paar
Mark fünfzig mehr geworden sind.

So spielt sich das Leben des Blankenesers weitgehend in
den eigenen geheiligten vier Wänden ab. Zum Einkaufen, Tanken, Frisieren und Nierenstein entfernen lassen
bleibt man im Viertel und schlägt sich notgedrungen mit
Marktpersonal, Tankwarten, Friseusen und Anästhesisten
herum, die ausnahmslos von außerhalb einpendeln. Um
diesem so unliebsamen wie unvermeidlichen Umstand
gerecht zu werden, hat sich der Blankeneser über die Jahre
und Jahrzehnte einen Kommunikationsstil zugelegt, der
selbst in den sonstigen Standesdünkel gewohnten Elbvororten seinesgleichen sucht. Mit vorgeblich ausgesucht höf-
licher Wortwahl wird hier scheinbar demütig eine Bitte
vorgetragen, und nur der Tonfall suggeriert, und auch
das nur in den subtilsten Tiefen unmerklicher Untertöne,

was Frau Doktor oder Herr Rechtsanwalt tatsächlich von ihrem oder seinem Gegenüber hält. Nämlich nichts. Seltene, doch in unschöner Regelmäßigkeit vorkommende Entgleisungen bilden hier die sprichwörtlichen Ausnahmen von der Regel.

Nehmen wir Frau Dagmar Diehlen, Gattin des vielfachen Elbvorort-Immobilienbesitzers Ernst Dieter, die, demonstrativ das Näschen rümpfend, bei herrlichstem Sommerwetter im echten Polarfuchspelz an der Drogeriekettenkasse ihre Einkäufe eintütet, einen Batzen Scheine aus der überdimensionalen Krokodillederbörse angelt und sie der Kassiererin aufs Band wirft. Wahllos. Wortlos. Danke, Ihr Wechselgeld können Sie sich sonstwohin schieben, suggeriert der aufrechte Gang der Diehlen, die sich samt ihres Zobels aus dem Laden schiebt, dabei den Herrn am Eingang anrempelt, der die neueste Ausgabe des städtischen Obdachlosenmagazins zum Verkauf anbietet, und ihm zuzischt, beiläufig, er gehöre dorthin, wo seinesgleichen nun einmal hingehöre. Auf die andere Seite der A7? Nach Santa Fu? Neuengamme? In ein mehr oder weniger imaginäres Reich, in dem eine unabsehbare Masse Unterprivilegierter einer kleinen Gruppe Auserwählter dient? Doch, halt! Bevor wir hier, quasi im Vorbeigehen, Vergangenheit, Gegenwart und Zukunft eines Staates im Staate diskutieren, verweilen wir noch einen Moment an der Drogeriekettenkasse, wo die Kassiererin konsterniert die Scheine anstarrt, die ihr die Diehlen mit großer Geste hingepfeffert hat, und sehen eine Gruppe Jugendlicher ans Laufband treten, in der Absicht, ein paar Schokoriegel und Energy-Drinks mit ein paar zerknitterten Hundertern zu begleichen. Einer nach dem andern und jeder für sich. Da trifft es sich gut, dass die Diehlen so großzügig war mit dem Wechselgeld. Und gut trifft es sich auch, dass die minijobbende Kassiererin am Samstag nach Dienstschluss auf einem vom Arbeitsamt geförderten drogerieketteninternen Wochenendseminar eigens geschult wurde, mit der Klientel umzugehen, die sie hier vorfindet in der Hochburg von Bildung, Geschmack und wohlfeilem Benehmen. Denn diese Handvoll angehender Abiturienten (und zukünftiger Medizin-, Jura- und BWL-Studenten) behandelt sie als das, was sie in Blankenese, in dem kaum etwas so ist, wie es auf den ersten Blick scheint, in ihr sehen. Was für den einen Luft ist, könnte für den anderen zum Erstickungstod führen. Und auch wenn jemand »Schnösel« ruft, in einem Anfall politischer Korrektheit (und einem *St. Pauli*-Totenkopf-Hoodie), aus den billigen hinteren Reihen, so bleibt doch zu konstatieren, was das gute Dutzend zugelassener Jugendpsychotherapeuten in ihrem guten Dutzend Praxen im Jugendpsychotherapiehaus in einer Seitenstraße gleich hinterm Blankeneser Bahnhof ihren aus allen Teilen Hamburgs an- oder vielmehr *ein*reisenden jugendlichen Patienten ins Stammbuch schreibt: Man kann fast alles im Leben auf eine schwere Kindheit und eine schwierige Sozialisation zurückführen.

Doch eben immer nur fast alles. Und auch wenn Du, mien Deern, als Kind von superreichen Hardlinern umgeben bist, musst Du, mien Jong, nicht automatisch ebenfalls zum superreichen Hardliner werden. Denn, jo, miene Lütten, wir alle haben die Möglichkeit, an irgendeiner beliebigen oder weniger beliebigen Stelle im Leben, »Nee!« zu sagen. Und wenn, wie unser aller allerliebste Märchenonkelin Tante Marslinger sagt, Verwahrlosung bedeutet, unfähig zu sein, dauerhaft feste Bindungen einzugehen, dann, miene lieben Kinners, ist die Zeit gekommen, für ein großes *Live-Aid*-mäßiges Spektakel, im Hirsch- oder Hesse- oder Goßlers- oder Baurs- oder Schinkels-Park, oder, ein Exempel statuierend, auf der schönen, ausladenden Grünfläche vor dem Warburg-Haus am Kösterberg, in dem nach dem Krieg, von den Einheimischen weitgehend geflissentlich übersehen, Kinder unterkamen, die, zumeist als Einzige in der Familie, den Holocaust überlebt hatten und auf eine Ausreisegenehmigung ins gelobte Land Palästina hofften. Unter der Leitung der schönen Frau Dr. Marslinger spielt das Orchester der Jungen Jugendpsychotherapie unseres Unterelblaufkronjuwels in Begleitung eines vielstimmigen Chors wohlstandsverwahrloster einheimischer Schüler und Schülerinnen die Kantate »Und es ward: Hiroshima« der Blankeneser Künstlerin Felicitas Kukuck, deren Name selbst den Klang einer glücklichen kleinen Terz evoziert, sowie, im Zugabenteil, vor einem begeisterten Publikum, den allseits beliebten, wenn auch ein wenig frivol anmutenden Gassenhauer »Polonäse Blankenese«, um das Ganze abzurunden, auf besonderen Wunsch der älteren Tochter einer im Treppenviertel beheimateten ultra-liberalen TV-Koryphäe, mit einer Komposition des zeitgenössischen schwarzen schwulen amerikanischen Künstlers und Komponisten Frank Ocean, der, ganz im Sinne Grigori Alexandrowitsch Potjomkins, bürgerlich Christopher Breaux heißt. Und es singen die Jongens: »Super rich kids with nothing but loose ends«. Und es singen die Deerns: »Super rich kids with nothing but fake friends«. Und nun alle zusammen:

»REAL LOVE
I'M SEARCHING
FOR
A
REAL LOVE«

LETZTE LIEFERUNG

Katorga. Worin liegt die Freiheit? Darin, sich ewig und drei Tage abzuarbeiten an einem unsichtbaren, geschlossenen System, das einem die vermeintlich demokratische Möglichkeit lässt, in völliger Freiheit jegliche denkbare Meinung zu äußern, dabei jedoch vollkommen unbewegt und indifferent bleibt, wie die endlose See an einem windstillen Tag, sobald die Meinung sich nicht anbiedernd am Mainstream orientiert (und um kein Geld der Welt in den Mainstream aufgehen mag) (oder im Schutz irgendeiner Lobby geäußert wird, die dafür sorgt, dass die Wogen sich schnellstmöglich und unaufgeregt wieder glätten)? Dann doch lieber auf direktem Weg ins Potjomkinsche, nach Russland oder Weißrussland oder Usbekistan oder Turkmenistan oder sonst irgendeine Diktatur ehemals sowjetischer Provenienz, um ein einziges Mal im Leben mit einer einzigen verzweifelten, aufrichtigen Geste oder Äußerung so etwas wie Resonanz zu erlangen und im Gulag zu landen, verurteilt zu lebenslanger Zwangsarbeit in der zentralasiatischen Wüste, am äußersten nördlichen Polarkreis oder, besser noch, gleich an die nächstbeste windschiefe Wand gestellt zu werden, im Hinterhof irgendeiner stillgelegten, vor sich hin faulenden ehemaligen baschkortostanischen Fischkonservenfabrik. Feuer frei!

Krymhildr. Diesmal geht es um eine Flasche Tarlant, *La Vigne Royale*, die Krimhild und ich praktischerweise gleich an Ort und Stelle leeren. Die erste Hälfte auf der sonnenhellen Terrasse mit Blick auf den Pool und den Regenbogen über der Hecke, die den heiter vor sich hin plätschernden nachbarlichen Springbrunnen verdeckt. Dann ziehen wir um, als es Krimhild zu heiß wird. Ins Wohnzimmer. Wo es angenehm schattig ist und die zweite Hälfte der Flasche dran glauben muss. Krimhild kommt in Fahrt und erzählt von den Avancen, die ihr gemacht wurden als Messe-Hostess, von russischen Oligarchen, die sie in hypermoderne Zauberschlösser im Moskauer Gartenring entführen wollten, und einem amerikanischen Waffenhändler, der ihr vorschlug, sie als vierte Frau in seinen Harem auf seiner Ranch in Missouri aufzunehmen, mit eigenem Haus, eigenen Bediensteten, eigener Pferdekoppel auf dem gigantischen Areal *in the middle of nowhere.* Krimhilds Augen werden ganz glasig bei dem Gedanken daran. Oder dieser Japaner, sagt sie, aus Tokio, ganz hohes Tier, Aufsichtsrat eines Energiekonzerns, schickte mir ein Paket mit all diesen japanischen Comics. Manga sagt man dazu, sage ich, ganz Neunmalklug-san und ein ganz klein wenig lallend. Ja, Manga, sagt Krimhild, nur dass das alles so Schweinkram war, ab 18, mit Callgirls und Geschäftsleuten, die sich nichts sehnlicher wünschten, als nach der Konferenz in einer Fünf-Sterne-Hotelsuite mit einem Höschen geknebelt an den Heizkörper gefesselt zu werden.

Krimhild nimmt die Flasche und will nachschenken. Nichts mehr drin, sagt sie, und klingt traurig plötzlich.

Tja, sage ich und stehe auf, mühsam, wegen der endlos weichen Polster und dem ungewohnten Alkohol am Morgen, muss dann mal wieder. Willst Du nicht, sagt Krimhild, ich meine, wollen wir nicht, ich habe noch das eine oder andere Tröpfchen unten im Keller. Klingt verlockend, sage ich, muss aber wirklich ... Um der guten alten Zeiten willen, sagt Krimhild, beugt sich über den Couchtisch, legt mir die Hand auf die Brust und nestelt an meinem Hemdkragen herum.

Warte, sagt sie, schwebt aus dem Raum und kommt mit einer Flasche *Dom Pérignon* zurück. Haben wir in Massen da unten, sagt sie, Kunstmann hat einen Kühlraum einbauen lassen, willst Du sehen? Sie streckt die Hand nach mir aus, an der ihr Ehering blitzt und blinkt, in der schräg einfallenden Sonne. Danke, sage ich und rücke unruhig auf dem Sofa herum, nicht nötig. Etwas enttäuscht öffnet Krimhild die Flasche, einigermaßen umständlich, und juchzt, als der Korken herausschießt und mit einem dumpfen Geräusch gegen die Terrassentür knallt.

Der Champagner schießt heraus und ergießt sich über Krimhilds Kleid. Sie tritt einen Schritt zurück, hält die Flasche auf Armlänge vom Körper entfernt, kichert wie ein Schulmädchen und leckt den Champagner von Handrücken und Unterarm, wie ein Kätzchen, das sich putzt. Dann schenkt sie ein und reicht mir mein Glas. Auf die guten alten Zeiten, sagt sie und zwinkert mir zu. Ja, sage ich, auf die guten alten Zeiten. Sie drückt mich zurück aufs Sofa und sinkt neben mir in die Kissen, nimmt einen hastigen Schluck und springt sofort wieder auf. Wollen wir tanzen?, fragt sie und ist schon auf dem Weg zum Wandregal, in dem neben etwa zweitausend thematisch angeordneten Coffeetablebooks, Abteilung Haus, Garten und Lebensart, und etwa zweitausend alphabetisch sortierten DVDs etwa zweitausend alphabetisch sortierte CDs stehen. Sie fährt mit dem Zeigefinger über die Reihe bunter Rücken und zieht eine CD heraus, die sie, das Sektglas in der Hand, mit erstaunlicher Geschicklichkeit in den Player schiebt. Sie kippt den Rest auf ex, stellt das Glas ab, regelt mit kurzsichtigem Blick die Lautstärke per Fernbedienung und breitet die Arme aus, als die ersten Akkorde aus den High-End-Lautsprechern an allen vier Wänden des Zimmers den Raum sommernachtsblau färben. Al Green. *The Reverend*. Komm, sagt sie.

Und ich erhebe mich, etwas schwerfällig, aus dem Sofa, sehr müde plötzlich und etwas schwummrig in der Magengegend. Und schon drehen wir uns, Krimhild und ich, rundherum, wie schwerelos, zwei Raumschiffe im Weltenraum, ganz Frage und Antwort, *Q & A, call & response*. Denn was, mein schöner schwarzer Stern, ist Tanzen schon anderes als ein Vorspiel zum Sex? Und was ist Sex schon anderes als eine gleißend an allem Materiellen und Gravitätischen abperlende Träne im Raum-Zeit-Kontinuum? Und so tanzen wir, Krimhild und ich, *1-2-3, 1-2-3*, rundherum, im Rhythmus des Lebens selbst, Hohepriesterin Krymhildr, predigend auf der Kanzel, und ich der vielstimmige Chor im Kirchenschiff. Oder umgekehrt. Die ganze Welt in unseren Händen, für einen ewigen Moment des globusleuchtenden Lichts im unfassbar dunklen Nichts der Schwere- und Bedeutungslosigkeit, Amen –

Briefe an Vivi 4: Ochsenzoll, hier kommen wir! Was den Klinikaufenthalt anbelangt, meine süße Monomanin, brauchen wir uns nicht lange aufzuhalten mit dem theoretisch wertvollen, therapeutisch wohlmeinenden Marslinger'schen Gefasel und Geforsche nach dem Wer? Wann? Was? Wiesoweshalbwarum? und kommen auf direktem Wege und ohne weitere tiefenpsychologische Umschweife zum Wie: 15 Symptome von Depression, Trauma, Tod und Teufel, die mich nach Ochsenzoll brachten, auf Drängen meiner damaligen Beinahe-Ex-Frau, eines schwül verregneten Frühsommernachmittags vor ziemlich genau zwei Jahren –

My Personal Trauma Top 15. 15: Erschöpfung. Von der Art, die alles relativiert, was ich je an Erschöpfung gefühlt oder gefühlsbetäubt nicht gefühlt habe.

14: Schlaflosigkeit. Notorisch und nervenzermürbend. Kriege kein Auge zu, seit Wochen, es sei denn, ich nehme die Tabletten, die der Krankenhausquacksalber mir in ärztlicher Fürsorge mit auf den Weg gab.

13: Das Klingeln im Ohr, das mich begleitet, seitdem ich mir bei den Aufnahmen am zweiten Album im Berliner Winter (Bowie! *Hansa!* Berlin Wall!) eine Mittelohrentzündung zuzog, die sich gewaschen hatte und mich mehr als eine Woche außer Gefecht setzte, den *time frame* über den Haufen warf und den Labelchef in den Wahnsinn trieb, und mich nicht weiter störte (so wenig wie der Wahnsinn des Labelchefs), bis die Schlafstörungen einsetzten (siehe 14) und das Klingeln anfing aufzufallen, unmerklich, nachts, und lauter und lauter wurde und schließlich so laut, dass mein Kopf aus nichts anderem als Klingeln bestand, 24/7, und ich es mit der Angst bekam und glaubte, es würde nie mehr aufhören und niemals mehr etwas anderes geben als dieses Geräusch, hier auf der einsamen, verlassenen, trostlosen Seite des Spiegels, von der aus man die Geschehnisse auf der anderen Seite wahrnimmt, ohne jemals von der anderen Seite wahrgenommen zu werden, weil die andere Seite immer nur selbstverliebt sich selbst spiegelt.

Dann ist da, auf 12 in den Charts, das Schwanken der Welt, insbesondere in geschlossenen Räumen. Wie an

Bord eines Hochseetrawlers bei schwerem Seegang geht es zu. Immer kurz vor dem nächsten Kaventsmann. Man hält sich an der Wand fest oder zieht es gleich vor, auf allen Vieren über den Boden zu kriechen, um nicht ständig irgendwo mit dem Kopf anzustoßen oder sich über die Reling ins Schäumende, Wogende, Tosende hinein zu erbrechen.

11: Sehstörungen. Eine Art irisierender Explosion, die einen trüben Film auf dem Auge hinterlässt und einen bohrenden Schmerz im oder am Hinterkopf. Ob im oder am Hinterkopf, ist schwer zu sagen. Schwerer jedenfalls als in jener Anekdote Böttchers, der seinen Perfektionismus stets damit begründete, dass jeder Buchstabe entscheidend sei und es eben sehr wohl einen Unterschied mache, ob der Dichter im Autografen in unleserlicher Klaue hingekritzelt habe, dass die Tochter *am* und nicht *im* Bett des Bruders gefunden worden wäre, als die Mutter reinkam, den Sohn zu fragen, ob er wüsste, wo sich die Schwester herumtreibe.

Und, wo wir schon dabei sind, 10: Abnahme der Libido. Bis zum völligen Erlahmen.

9: Hypochondrie. Als kulminierten all die Vorboten des Zusammenbruchs, denen man jahre- und jahrzehntelang ausgesetzt war (und geflissentlich zu übersehen geneigt war) – all die Erkältungen und Magenbeschwerden und Migräneattacken und Allergien und Rückenschmerzen und grippalen Infekte –, im Zusammenbruch zu einer Art Todesahnung. Ja, todsicher wird man sterben an diesem Fließschnupfen. Und wenn nicht daran, dann an den Nebenwirkungen der Tabletten, die man gegen das Kopfweh einnimmt. Oder trägt man längst einen Gehirntumor mit sich herum, von der Größe eines Tennis- oder zumindest Tischtennisballs? Was auch die Sehstörungen (vgl. 11) erklären würde. Nichts als die Nerven, winkt die Marslinger ab und lächelt routiniert alle Ängste in Grund und Boden: Was Sie brauchen ist Schonung, Ihr Körper hat lange gegen die Überlastung angekämpft, jetzt ist er der Anstrengungen müde, und zwar im wahrsten Sinne des Wortes. Danke für die Diagnose, Frau Doktor.

Und nun weiter im Text: Unruhe (8), Angst (7), Konzentrationsstörungen (6).

Dann, plötzlich (5) kann ich von einem Moment auf den anderen nicht mehr lesen. Als prallten die Augen ab an diesem Irrsinn von einem irrwitzigen Labyrinth aus Buchstabenkaskaden. Als hätten die Zeichen ihren Sinn verloren und mit ihnen die Worte. Und mit den Worten die Welt selbst. Und selbst wenn es satzweise, Buchstabe für Buchstabe, gelingt, die Wörter und mit ihnen die Welt als solche zu erfassen, ist da nichts. Keine Bedeutung. Keine Botschaft. Keine Tiefe. Keine Dimension.

Genauso (4) das Schreiben. Nur dass beim Schreiben, wie im Übrigen auch beim Gitarre spielen noch das Zittern (3) hinzukommt. Ich kriege in kürzester Zeit keinen Krakel auf keine noch so klar konturierte Linie gekliert. Die Schrift verliert ihre Form und mit ihr verflüchtigt sich der letzte Halt auf meiner Seite der einseitig verspiegelten Welt. Das geschriebene Wort, die letzte Bastion, die letzte ständig und zugegebenermaßen immer notdürftiger zusammengeflickte Barrikade, hinter der ich in Deckung ging. Und woran sich klammern, wenn die letzte Bastion fällt? An sich selbst? An die Gitarre im Koffer an der Wand? Wo doch schon der Gedanke einer flüchtigen Berührung die Haut am ganzen Körper dumpf schmerzen lässt. Wie, bitte schön, den Klang eines Instruments ertragen, das alles ist, was geblieben ist im Leben, und doch die größtmögliche Verbindung zu einer Vergangenheit darstellt, die es um jeden Preis zu vergessen gilt?

Konsequenz: (2) Heilloses und haltloses Heulen und Zähneklappern. Im wahrsten Sinne des Wortes.

(1) Panikattacken, sagt Ana Arden und ruft mir, weil es Wochenende ist (selbstredend), entgegen meiner Proteste, ein Taxi, das mich gen Klapse kutschiert, weil sie meint, das alles würde mich ansonsten auf Dauer ins Grab bringen. Womit sie Recht hat. Zweifellos. Aber ist es nicht immer noch besser, auf Dauer, ins Grab gebracht zu werden, als zu Kreuze zu kriechen und zu bekennen: Herrschaften, ich kann nicht mehr, das System, das mich mein Leben lang durchs Leben getragen hat, ein geradezu autistisches System totaler Autonomie, hat versagt. Auf ganzer Linie. Sorry, nebenbei, dafür. Und nichts für ungut. Habe Euch und uns allen eine Komödie vorgespielt all die Jahre. Sie ist meine große Stärke, wie Ihr wisst, die Inszenierung. Oberste Regel des Propagandaministeriums: Der Tod ist schlimm, schlimmer als der Tod ist nur die Schwäche. Der Zusammenbruch jedoch ist die ureigene individuelle

Endlösung. Der GAU. Die Verkehrung der Materie in ein gänzlich unoriginelles, unpoetisches schwarzes Loch, vollgepumpt mit all der negativen Kraft, die man geradezu gierig aufsog ein Leben lang, von klein auf, wie ein Katalysator, um die Mitmenschen davon zu befreien und zumindest diese eine armselige Existenzberechtigung zugestanden zu bekommen. Denn wenn ich schon sonst für nichts gut war, dann doch zumindest dafür, als kleiner, wandelnder Minderwertigkeitskomplex kretinhaft die Scheiße von Euren hochglanzpolierten Stiefeln zu lecken und als Selbstbehauptung auszugeben, was in Wirklichkeit nie irgendetwas anderes war als ein einziges selbsthasszerfressenes Survivaltraining unter erschwerten Bedingungen.

Denn hier, Ladies and Gentlemen, in unserer schönen westlichen Welt, verlaufen die Linien auf eine Weise diffus (man könnte auch sagen: subtil), dass es schwerfällt zu sagen, vor lauter spiegelbildlich gespiegelten Spiegelungen, wo die eine Seite anfängt und wo die andere aufhört. Keine klar konturierten Grenzen. Kein eindeutiges Ihr und Wir. Alle sind wir, auf die eine oder andere Weise, nicht immer nur wir, sondern gleichzeitig auch immer die anderen. Und die anderen immer auch wir. Und alle sind wir in allererster Linie immer vor allem eins: allein mit uns selbst. Ich und Du und sie und er. Und wer niemanden hat außer sich selbst, der besorgt sich einen Fernseher, eine Gummipuppe, ein *iPhone*, *iPod*, *iPad* und bringt sich so stets auf den allerallerneuesten Stand. Und steht state-of-the-art-mäßig am Montagmorgen am Times Square auf Position 1223 der Schlange, Stunden bevor der *Apple-Store* die Tore öffnet, während der ganze alte Plunder vom letzten Jahr auf irgendeinem rauchumwehten, apokalyptisch anmutenden afrikanischen Schrottplatz landet, auf dem ausgemergelte Halbwüchsige die brauchbaren Teile aus den *gadgets* eines gähnenden Gestern herausschrauben, deren digitale Grundbausteine vorgestern noch im Kongo von erwachsenen Erst- und Zweitweltlern aus Bergschächten geschürft wurden, um die herum erbarmungslos ein Bürgerkrieg tobt, wie ihn sich niemand im morgendlichen New York City der *Starbucks*-Coffee-to-Gos mit Cashew-Caramel-Flavour und bunt bestreuten *McDonald's*-Donuts je ausmalen könnte. Kurz: Bestens verpflegt reiht man sich ein in die Schlange. Oder man erschafft sich neu, vielstimmig, um die Stille zu übertönen.

Liliane Pongratz. Liliane Pongratz ist Bankerin. Sie bewohnt ein Luxus-Appartement in jener bunkerartigen, in besseren Blankeneser Kreisen als Schandfleck *sans précédent* gehandelten terrassenförmigen Bausünde, die in den siebziger Jahren in einem Anfall von architektonischem Aktionismus im damals schwer angesagten Bungalowstil in den jahrhundertealten Felsen über dem Elbufer gehauen wurde. Von außen besehen, gleicht das Ding einer Festung. Im Inneren erweist es sich als Labyrinth, mit immer neuen linoleumquietschenden Irrungen, Wirrungen und Wendungen, die allesamt ins Nirgendwo führen. Und ehe man sichs versieht, hat man einen halben Vormittag darauf verwendet, eine einzige Palette *Hipp*-Babykost durch die schier endlosen Gänge, Flure und Treppenfluchten zu manövrieren, bis sich eine Tür auftut, unversehens, und man ihr gegenübersteht, Liliane Pongratz, im hellblauen Trainingsanzug, geradezu geisterhaft schön, weißblond und blauäugig, ganz arisches Ideal, mit einem TV-Werbespot-würdigen Baby auf dem Arm. Da sind Sie ja, sagt sie, mit nasal hanseatischer Einfärbung in der Stimme und einer Spur Ungeduld im Abgang, Lulu ist schon halb verhungert.

Und schon schließt sich die Tür, hinter Lulu, Liliane und mir, dem nichtswürdigen Lieferanten, und wir betreten die Welt hinter den Spiegeln, wo alles so ganz anders ist als auf den stillen sterilen Fluren: bunt, makellos und aufs Allergeschmackvollste eingerichtet, ausgerichtet und aufeinander abgestimmt. Wie in einer Wirklichkeit gewordenen Variante des allerletzten Schreis einer *Schöner-Wohnen*-Vision des letzten altersmilden Almodovar-Streifens kommt man sich vor, zwischen all den ausgesuchten Farben und Vorhängen und Decken und Kissen und Spiegeln und *en detail* arrangierten Rouleaus, Regalen, Récamières, nebst beigestelltem Coffeetable, den ein akkurat angeordneter Stapel farblich sorgfältig komponierter Coffeetable-Bücher ziert. Eine leichte Brise weht herein, durch die halb offene Wohnküchenbalkontür, und ich riskiere einen Blick über die mit atemberaubender Geste in die Landschaft getupften Häuschen, die Straßen und Gässchen, die sich wie Goldadern den Hügel entlangwinden, an dessen Fuß der märchenhafte Fluss träge und flaschengrün dahingluckert, mit schäumenden Kronen auf den wogenden Wellen und einer Nixe, die für einen Moment das betörende Antlitz zur Sonne emporhebt, bevor sie für sieben Jahre zurück in die Untiefen ihres ureigenen Elements abtaucht.

Es stört Sie doch nicht, sagt Liliane Pongratz, wenn ich Lulu schon mal sein Gläschen verabreiche. Nein, kein bisschen, sage ich, wie auf Autopilot, und mache mich daran, die Liefermodalitäten abzuwickeln. Da kredenzt die Herrin des Hauses mir aus einer kristallenen Karaffe ein Glas eisgekühlte hausgemachte Zitronenlimonade und bittet mich, Platz zu nehmen. Sie hat Redebedarf. Und nicht zu knapp. Erzählt von ihrem Mann, der in leitender Anstellung bei *Airbus* arbeitet, am anderen Elbufer, auf diesem riesigen, die Landschaft verschandelnden Gelände, das alle paar Minuten von Fliegern angesteuert wird, die so haarscharf über den Dächern der Elbvororte niedergehen, den einen oder anderen Schornstein rasierend, dass sie von jedem einzelnen Elbvorortbewohner an jedem einzelnen von Gott geschaffenen Tag als konkurrenzlos größte Geißel des 21. Jahrhunderts verflucht werden. Niemand hier, der sich nicht wünschte, eine dieser maschinegewordenen zweiflügeligen Monster möge besser heute als morgen vom Himmel fallen, ein paar sichere hundert Meter von der eigenen Haustür entfernt, ein halbes Dutzend Häuser und mehrere Dutzend Anwohner mit sich in den Orkus reißend, und den so altehrwürdigen wie durch und durch korrupten Hamburger Senat zwingen, das Gebiet für alle Zeit für den Flugverkehr zu sperren. Vor Jahren seien sie hergezogen, sagt Liliane Pongratz strahlend, aus der schönen Holsteinischen Schweiz, weil ihr Mann hier Arbeit gefunden habe. Hätten sich beim Bund kennengelernt, Zwei-Sechs, beim Einsatz in Tansania, rein humanitär, versteht sich. Schlimm, was man da alles zu sehen bekommt, seufzt sie, während Lulu munter sein Breichen verputzt. Hunger. Krankheit. Armut. Dreck. Ganz zu schweigen von den Kindern, die sich verstümmeln, an allen möglichen und unmöglichen Stellen ihrer kleinen kraftlosen Körper, damit sie beim Betteln ein paar Münzen mehr zusammenbekommen. Gedankenverloren kratzt Liliane sich mit schönen, unbemalten Fingernägeln einen Kleckser *Gemüseallerlei* vom Ballonseidenrevers. Nicht, dass sie nicht auch arbeiten würde, versichert sie, sogar hier vor Ort, gleich um die Ecke vom Blankeneser Bahnhof, in einem dieser gesichtslosen Stahl-und-Glas-Flachdach-Neubauten, die so überaus beliebt geworden sind im 21. Jahrhundert, mitsamt den darin enthaltenen Dienstleistungen und Dienstleistern und bei aller Zweckdienlichkeit den Blick auf die altehrwürdige Kulisse trüben, wenn auch, zugegebenermaßen, nicht ganz in dem

Maße wie das *Airbus*-Gelände oder der Bunker, in dem sie selbst wohnt, Liliane Pongratz, mit Lulu und Laurenz, der eigentlich Laurent heißt, weil er ursprünglich aus dem Elsass stammt. Als ich ihn das erste Mal sah, sagt Liliane, und ich meine den Bunker und nicht Lulu, habe ich zu Laurenz gesagt: geht gar nicht. Aber wenn man erstmal drin ist, hat es den unschätzbaren Vorteil, dass man sich ja gewissermaßen selbst von draußen nicht sehen kann.

Mit dem Lätzchen putzt sie Lulu das Gesichtchen ab und nimmt ihn aus dem Kindersitz. Muss sein Bäuerchen machen, sagt sie und läuft mit dem Kind auf dem Arm in der Küche herum. Sie könne es kaum erwarten, wieder anzufangen, sagt sie, mit der Arbeit. Obwohl mich nicht viel erwartet. Außer einem 08/15-Büro mit Schreibtisch, *Mac*, einem potthässlichen Pfefferundsalzteppich und einem Blick über die Dächer von Blankenese, an dem man sich ziemlich schnell sattgesehen hat. Der Rest: Männer in den besten Jahren, mit Geheimratsecken und Mundgeruch und Manieren und Manierismen, die sie sich von amerikanischen Serienhelden abgeguckt haben, Marke *Mad Men,* nur dass keiner der Kollegen auch nur im allerentferntesten positiven Sinne mad ist. Lulu macht sein Bäuerchen. Na, wer sagt's denn, sagt Liliane. Trinken Sie in Ruhe Ihre Limo aus, wendet sie sich an mich, ihren hingebungsvoll lauschenden Besucher, ich lege Lulu nur kurz ins Bettchen, er muss Mittagsschlaf machen, der Kleine, danach rechnen wir ab.

Und so sitze ich ein Weilchen dort, in der Küche, die durchaus der Krimhild'schen gleicht, vielleicht ein wenig luftiger ist und um einiges geschmäcklerischer eingerichtet, nippe an meiner Limonade und sehe in die Ferne, durch den feinen Spalt zwischen dem wehenden Vorhang und der offenstehenden Balkontür, auf einen makellosen Kaiserwetterhimmel, lausche dem Ticken der Wanduhr und dem Surren des in rotem *Coca-Cola*-Glanzlack gehaltenen, überdimensionalen Kühlschranks, und vielleicht hat Liliane irgendwas in die Limo gemischt, oder es ist diese sonderbare Atmosphäre von Stille und Abgeschiedenheit, jedenfalls ergeht es mir ganz wie dem Zwerg Nase, der der Alten die Kräuter vom Markt nach Hause trägt, zur Belohnung einen Teller Suppe vorgesetzt bekommt und in einen seltsamen Schlaf voller seltsamer Figuren, Vorkommnisse und Verwicklungen fällt, aus dem er erst Jahre später wieder erwacht, völlig verunstaltet mit riesiger Nase, spindeldürren Beinen und einem Buckel, der Quasimodo Ehre macht. Die Augenlider werden mir schwer und ich sehe die seltsamsten Gestalten auftauchen, in allen Ecken und Winkeln der Küche, einen Kater, pechschwarz, mit geschultertem Gewehr und schieferfarbener samtener Husarenmütze, ein Äffchen, das kopfüber mit geringeltem Schwanz vom Kronleuchter im Wohnzimmer baumelt, ein Männchen, das mit feuerrotem Schopf das Köpfchen keck hinter der Sofagruppe hervorreckt und mir unerhörte Grimassen schneidet.

Lulu schläft, sagt Liliane Pongratz, melodisch wie ein Wasserfall, und setzt sich zu mir an den Küchentisch. Sie können sich nicht vorstellen, wie froh ich bin, wenn nächsten Monat die Kinderfrau anfängt und ich wenigstens halbtags wieder hier rauskomme, parliert sie drauflos, was bekommen Sie? Äh, dreiundzwanzigachtundfünfzig, sage ich, noch ganz benommen, und trinke meine Limo aus, die seltsam grün wirkt im einfallenden Zwielicht und inzwischen ziemlich abgestanden schmeckt. Ist Ihnen nicht gut?, fragt Liliane, und ich weiß nicht, was über mich kommt, doch sieht sie so unfassbar und zum Anbeißen schön aus, in ihrem blassblauen Trainingsanzug, mit ihrem weißblonden Zopf und den taghellen, von Wind und Wasser verwaschenen Spiegelscherbenaugen, ganz wie der Himmel selbst, von einem Wölkchen gekrönt, als Sahnehaube, dass ich aufstehe, wie von Zauberhand geführt, um den Tisch herum und sie küsse. Mitten auf den Mund. Was fällt Ihnen ein?, sagt Liliane Pongratz und knallt mir eine. Verdientermaßen. Doch wird sie weich, plötzlich, und für einen Moment sieht es so aus, als sei sie den Tränen nahe, und im nächsten, als wäre sie kurz davor, die Polizei zu rufen. Was soll's, sagt sie schließlich und löst die raffiniert im Haar platzierten Spangen. Wo Sie schon mal hier sind.

Und obwohl sie sich alle Mühe gibt, die Dinge pragmatisch anzugehen, verliere ich für einen Moment den Überblick, weil mich nie im Leben der Anblick einer Frau so erregt hat wie der von Liliane Pongratz an diesem hitzeschweren, schwülen, windigen, klimakatastrophenankündigenden Blankeneser Augustnachmittag. Ich sehe sie den Reißverschluss der Trainingsjacke öffnen und die Trainingshose abstreifen, die wie in Zeitlupe die langen, schönen, bronzenen Beine hinabgleitet und auf den schlanken Fesseln zu liegen kommt. Dann tritt sie mit anmutiger Bewegung aus den Hosenbeinen heraus und sitzt im nächsten

Moment vor mir, auf der Kante des Küchentischs, und die Tageszeitung und der Lieferschein und Lulus laminierter gelber Impfpass fallen auf den hochglanzgewienerten Küchenfußboden und das Limoglas und das leere Gläschen *Gemüseallerlei* gleich hinterdrein, und im selben Moment, in dem sie den Hintern hebt, damit ich ihr das Höschen ausziehen kann, fängt Lulu an zu schreien und wir halten inne. Scheiße, zischt Liliane und legt mir zwei wohlgeformte Finger auf die Lippen. Vielleicht hört er gleich wieder auf, flüstert sie, während ich sie küsse, auf die Stirn, die Augen, die Ohren, den Hals, die Schultern, die Brüste. Dann herrscht Stille, für einen Moment, und ich beginne mich zu bewegen, sacht, ganz sacht, auf ihr, über ihr, mit ihr, und Liliane stöhnt und ich atme schwer und Liliane küsst mich, aufs Kinn, auf die Wange, auf den Mund, leckt mir mit der Zunge über die Zähne, und wieder schreit Lulu und wieder legt Liliane mir zwei Finger auf die Lippen. Das nächste Mal, keucht sie, rühren wir Lulu einen Löffel von Laurenz' *Lorazepam* in den Brei, dann schläft er wie ein Engel.

The War On Drugs. Wie sagt der eine amerikanische Detektiv in der Vorabendserie zum andern: Der Krieg gegen Drogen ist gar kein Krieg. Warum? Weil man einen Krieg gewinnen können muss. Die Punchline hinter der Punchline: Ohne Drogen geht nichts in der Welt. Sie sind kein Teil irgendeiner schattengewächshaften Schattenseite unserer sonnenbadenden Schwarz-Weiß-Gesellschaft. Sie sind nicht einmal nur irgendein Teil der Gesellschaft. Sie sind ihr Fundament. In allen möglichen legalen und nicht legalen Formen. Eine Woche ohne Uppers und Downers und Prellies und Poppers und *Diazepam* und *Tamazepam* und *Lithium* und *Mescalin* und *Methedrin* und Nikotin und Koffein und Kokain und Dopamin und *DMT* und *STP* und *HRT* und *LSH* und *LSA* etcetera etcetera, eine Woche ohne Schlucken und Schnupfen und Schnüffeln und Spritzen, eine einzige weltweite Woche ohne Feierabendbier und den obligatorischen Joint zum Runterfahren, und die Apokalypse steht spätestens am Donnerstag kurz nach dem frühzeitigen Feierabend direkt vor deiner Haustür, *OD'd* on Reality. Und apropos, Überdosis –

Keine Drogen mehr, Ana, schrieb ich, nicht, weil ich Angst habe zu sterben. Weil ich Angst habe, die Kontrolle zu verlieren. Den Verstand.

River Man. So entstehen Feindseligkeiten, sagt der alte Mann, so brechen Ehen auseinander, Freundschaften, Familien, so werden Weltkriege vom Zaun gebrochen: weil zwei Seiten der Meinung sind, im Recht zu sein, und jede Seite meint, die andere um jeden Preis davon überzeugen zu müssen, sich auf ihre Seite zu schlagen. Es sei denn, die vermeintlichen Rechthaber fühlen sich, aus welchen gottgleichen Gründen auch immer, berechtigt, die andere Seite aufgrund irgendeiner vermeintlichen Verfehlung gleich vollständig vom Erdboden verschwinden zu lassen. Dann geht es im Viehtransport ab nach Treblinka. Der alte Mann sieht mich an, für einen Moment, bevor er den Blick wieder auf den Fluss richtet, an dessen Ufer er sitzt, tagein, tagaus, auf seiner windgeschützten, grün gestrichenen Bank im Schatten des Leuchtturms.

Die Elbe, sagt er, ist ein wilder und geheimnisvoller Strom. Wild auf den letzten Kilometern, wenn er das Land um sich herum verschlingt, als wolle er sich im letzten Moment einen Ausweg suchen, bevor er sich endgültig ins Meer stürzt, mit rauen Winden und schäumenden Wogen und riesigen Tankern aus aller Welt, die wie Dämonen, lautlos und mit glühenden Augen, im nächtlichen Nebel auftauchen, nur wenige Meter vom Garten der Hausfrau entfernt, die dabei ist, die Wäsche einzuholen, weil ein Regenschauer sich ankündigt. Geheimnisvoll ist die Elbe auf ihren Wegen, von Süd nach Nord, von Ost nach West, wenn sie sich windet, in immer neuen, unvorhersehbaren Krümmungen und Wendungen, durch verwunschene Sommerwälder voller wild wuchernder Moose und Farne und farbenwechselnder Insekten, die bei der kleinsten

Berührung in einer Wolke aus Schaum explodieren, durch schroffe, schieferfarbene Felsgebirge, an deren schlammigen, tausendfach überschwemmten Ufern sich die Liebespaare tummeln, auf ausrangierten, abgewetzten Polstermöbeln, durch blühende Industrielandschaften vor sich hin faulender Fabriken, aus deren Abflussrohren sich fein säuberlich ein Chemikalienstrom ergießt, unablässig und wohldosiert, der die Fische im Frühjahr in eine Schicht phosphoreszierendes Grün taucht, das den Fluss bei Nacht leuchten lässt.

Niemand, sagt er, kennt den Fluss so gut wie ich. Mein ganzes Leben habe ich darauf verwendet, mich Kilometer für Kilometer, Jahr für Jahr, heraufzuarbeiten, von seinem Ursprung im Riesengebirge, wo ich geboren wurde, 1925, in einem Kaff namens Špindlerův Mlýn, wo Kafka nur ein paar Jahre vor meiner Geburt mit der Arbeit am »Schloss« begann, ganz nahe der Quelle der Labe, wie die Elbe im Tschechischen heißt, bis an die letzten Ausläufer seines Unterlaufs zur Kugelbake in Cuxhaven. Mein ganzes Leben bin ich mit dem Fluss gereist. Ganz wie der Fluss selbst. Nun ist es gut, ich bin alt geworden und verbringe meine Tage damit, von der Vergangenheit zu zehren und hier zu sitzen, den Wind in den Knochen, der mich die Kälte spüren lässt, jede Wolke, die die Sonne verdunkelt, und sei es nur für einen Moment. Der Fluss, junger Mann, wird bleiben. Der Fluss wird da sein, wenn ich längst nicht mehr bin, auch wenn alles sich verändert, über die Jahre und Jahrzehnte hinweg. Das Tempo, in dem wir uns durch die Zeit bewegen, ist rasend, die Konsequenz ist absurd: Obwohl wir noch nie so weit entfernt waren vom Jahr 1955, dem Jahr, in dem ich mich niederließ, hier, am Hamburger Elbstrand, fühlt es sich an, in diesem Moment, sechzig Jahre danach, als sei jenes Jahr 1955 allgegenwärtig. Zumal an diesem Ort. Weil unsere Moralvorstellungen nicht Schritt halten mit der Rasanz des Fortschritts und wir immer nur an den Symptomen herumwerkeln und niemals an den Ursachen. Weil wir es gewohnt sind, von klein auf den Fehler nicht bei uns, sondern beim anderen zu suchen. Weil das ganze Gebilde unserer Gesellschaft nach all den Jahrhunderten der Theorien und Ideologien und Utopien noch immer auf dem höfischen Prinzip des Mittelalters beruht: Eine kleine Gruppe sich gegenseitig protegierender Privilegierter herrscht über eine große Gruppe wahlweise speichelleckender oder sich im eigenen Dreck suhlender Unterprivilegierter. Die Nomenklatura, junger Mann, ist überall: Versailles, Pjöngjang, *Bohemians Grove*. Weil nicht die Ideologie entscheidet, sondern das Herrschaftsverhältnis, und die Geschichte sich nicht, wie man annehmen möchte, als eine Folge von Brüchen, sondern als Kontinuum erweist. Nehmen wir unser schönes Blankenese, mit all seinen Aussichtsplattformen und Sehenswürdigkeiten und Postkartenidyllen, und richten wir den Blick gen Osten, in ein Post-Weltkriegsjahr ihrer Wahl, 1955, 1965, 1975, 1985, zum Moskauer Kutusowski Prospekt, in den Bezirk Kunzewo, in die Granowski-Straße gleich gegenüber der Kreml-Kantine. Oder bleiben wir, um den Blick nicht zu weit schweifen zu lassen, im deutschen demokratischen Ostberlin. Worin, frage ich Sie, besteht der Unterschied zwischen einem Quartier hochsicherheitsbewachter Kaderresidenzen wie Wandlitz oder Pankow und einer x-beliebigen Villa hier auf den

Hügeln über unseren Köpfen? Und welche Menschen wohnen dort zu welchem Preis und werfen ihre Schatten über uns Normalsterbliche hier unten auf Erden? Richter, Anwälte, Ärzte, Architekten, Funktionäre, Professoren, Langzeit-Privatiers, die im Leben nie auch nur einen Finger krumm gemacht haben, hochrangige Vertreter aus Wirtschaft, Medien und Kultur, kurz: die bildungsbürgerliche Elite unserer Freien und Hansestadt, wenn nicht der gesamten Republik. Staatsformen, Systeme, Parteien, alles Inszenierung, mein Freund. Und alles Geschäftsmodelle. Noch schlimmer ist nur die Religion. Islamismus, Katholizismus, Kreationismus: allwissende gottgleiche Selbstgerechtigkeit, gepaart mit grenzenloser Gier. Die fatalste aller denkbaren Kombinationen. Was, frage ich Sie, sage ich jemandem, dessen einzige Motivation, mich auf der Stelle für fünf Euro Fünfzig zu massakrieren oder nicht zu massakrieren, darin begründet ist, im Nachleben auf göttlichen Zuspruch oder göttliche Ablehnung zu stoßen. Was diese bankrotte, korrupte Welt bräuchte, im Privaten wie im Großen, ist das, was die Amerikaner einen *fresh start* nennen. Alles zurück auf Anfang. Keine göttliche Einmischung. Keine billigen Ausreden oder Verweise auf eine höhere Macht. Doch fragen Sie, wen Sie wollen, Sie werden nicht einen finden auf Erden, der nicht bereit wäre, in jedem Moment sein durchschnittliches, unterprivilegiertes Dasein mit einem Nomenklatura-Leben oben in den Häusern auf den Hügeln zu vertauschen und sich und seine Position auf ähnliche und ähnlich rücksichtslose Weise zu verteidigen wie die, die er bis dato von Herzen gehasst hat: Was kümmern mich die Verhungernden vor dem heruntergelassenen Schlosstor, wenn ich es schön habe hier drin und warm und bequem. Und immer genug zu beißen. Als ich aus dem Krieg zurückkehrte, mein Freund, nach zweijähriger russischer Gefangenschaft, traf ich einen Litauer, auf einer Landstraße im Schraden, am Flusslauf der Schwarzen Elster, einem rechten Seitenarm der Elbe, unweit der Stelle, wo sich Haupt- und Nebenstrom vereinen. Er hatte, wie sich herausstellte, auf deutscher Seite gekämpft, gegen die Russen, gegen die Juden. Aus purem Antagonismus. Er prahlte damit, dass er, im Laufe des Krieges, mehr als hundert baltische, ukrainische und russische Mädchen vergewaltigt hatte, manche mehrfach und über Tage hinweg. Für die Mädchen, sagte er, war es die Hölle, für mich war es der Himmel auf Erden. Für einen Moment überlegte ich, ob ich ihn dort an Ort und Stelle, am knisternden Lagerfeuer einer lauen Sommernacht, Mitte Juli 1947, erschießen sollte. Doch wer, frage ich Sie, will sich schon auf eine Stufe stellen mit denen, die man am meisten verachtet?

Krimhild Fan Service. Beim nächsten Mal will Krimhild es wissen. Bestellt eine Flasche *Cointreau* und macht den Eindruck, als hätte sie schon vorab den einen oder anderen rezeptpflichtigen Stimmungsaufheller mit dem einen oder anderen sommerlich hochprozentigen Mixgetränk runtergespült. Öffnet die Tür im Bikini, Sonnenbrille auf der Stirn, Telefon am Ohr. Orangefarbenes Retro-Achtziger-Design mit Wählscheibe und Drehschnur. Ah, der Lieferant ist da, sagt sie, ein ganz klein wenig zu übertrieben geschäftig, ich rufe Dich zurück, Schatz. Legt auf, die kleine Komödiantin, und verdreht die Augen. Kunstmann, sagt sie vielsagend und stolziert vorweg in Richtung Küche. Stellen Sie alles hier ab, sagt sie und klappt den Küchenschrank auf, dem sie zwei Cognacschwenker entnimmt. Geht doch nichts über ein erfrischendes Gläschen an einem sonnigen Sommermorgen, sagt sie und öffnet den Deckel des vorsorglich bereitgestellten Eiskübels. Für mich nur einen Tropfen, sage ich, doch lässt Krimhild sich nicht lange bitten. Großzügig und mit großer Geste schenkt sie ein, wirft übermütig ein paar Eiswürfel hinterher, nimmt ihren Schwenker und hält ihn gegen das durch die heruntergelassenen Jalousien einfallende Sonnenlicht. Reinstes flüssiges Gold, sagt sie, mit gespielter Feierlichkeit, und reicht mir mein Glas. Sie kippt ihr Quantum auf ex, während ich alibimäßig an meinem nur nippe. Nicht so schüchtern, junger Mann, sagt sie und schenkt sich nach. Krimhild, sage ich, und sie sieht mich an, überaufmerksam, mit ihrem schönsten Schmierenkomödiantinnengesicht. Was ist los? Ich bin eine einsame Frau sagt sie achselzuckend, als ginge sie das alles nichts an. Das ist los. Sie nimmt die Flasche und schiebt mich aus der Küche. Komm, sagt sie, wir gehen baden.

Vielleicht ist es die Spätsommerhitze, vielleicht ist es das Licht, das so erbarmungslos grell von der Wasseroberfläche des Pools zurückgeworfen wird. Jedenfalls nehme ich Krimhilds Hand, um ihr die Flasche abzunehmen. Und das Glas. Um alles zusammen gegen die panzerverglaste Fensterfront zu knallen. Oder im hohen Bogen über die meterhohe Hecke in den parkähnlichen Garten der diskret unsichtbaren Nachbarschaft zu befördern. Oder im Pool zu versenken und wortlos zuzusehen, wie die Flüssigkeit sich verteilt, homöopathisch, um sich aufzulösen, nach und nach, im Verhältnis 1:100 000 000 000 000 000 000 000, im endlosen Chlorblau des nierenförmigen Schwimmbeckens, *Ms. Black Comedy* an meiner Seite. Und ihr zu sagen, Krimhild Kunstmann, die Katharina Kriems hieß, in einem anderen Leben, dass ich weiß, wie es sich anfühlt, keine Menschenseele auf Erden zu haben, der all die Liebe, die man in sich trägt, auch nur einen feuchten Pfifferling wert ist, und dass wir verdammt sind, alle beide, für alle Zeit in uns gefangen und einsam zu bleiben und uns genauso gut gleich ins Blaue stürzen könnten, Hand in Hand, mit dem Blick in irgendeine unermessliche irisierende Tiefe, bis der Poolreiniger uns findet am Abend, bäuchlings im Wasser treibend, die Finger ineinander verkrallt, die Rücken von der Sonne verbrannt, zwei Scherenschnitte, wüstensandrot, auf akkurat ausgeschnittenem ultramarinem Glanzpapiergrund. Doch wären wir dieses eine Mal im Leben nicht allein, mit unserer Scham und unserer Schuld, Krimhild, wir wären nicht allein.

Nur dass Krimhild das alles falsch versteht und die Zeit, die es braucht, das alles zu durchdenken, für Zögern oder Verzagtheit oder werweißwas hält und sich in meinen Arm rollt, wie die Tänzerin beim professionellen Paartanz, und mich ansieht, aus katzenhaften Augen, mit verschleiertem Blick, und mir über die Wange streicht, mit der Rückseite der Hand, und mir ihren süßen Orangenschnapsatem ins Gesicht haucht und flüstert, mit heiserer Hollywoodluderstimme: Komm, Liebling.

Und wie in Trance stellt sie Flasche und Glas ab auf dem weißen englischen Kolonialstilkorbtisch und löst den Knoten ihres Bikinioberteils und streift das Höschen ab und lockt mich mit ausgestrecktem Finger, wie die Hexe Baba Jaga den einsamen Wanderer, und einmal mehr ist das Leben nicht mehr und nicht weniger und nichts anderes als ein billiges Imitat seiner selbst, hergesucht aus alten nachkolorierten Filmen und auf der Rückablage eines alten *280er-Mercedes* ausbleichenden Modemagazinen und schlechten, solide eingebundenen Buchclubromanen.

Und ich ergreife die Flucht, wie von Sinnen, nicht ohne die Angebetete vorher wenigstens einmal auf den Mund zu küssen, leidenschaftlich, ganz ohne Scham oder Schuld und jedes jedem Anfang innewohnende Ende im Hinterkopf, während wie auf Kommando der Kuckuck zu singen beginnt, in kleinen Terzen, in den Kirschbäumen im kunstvoll vom südkoreanischen Landschaftsgärtner angelegten japanischen Garten. Und Krimhild, splitternackt, mit verschmierter Wimperntusche und entgleisten Gesichtszügen, flüstert meinen Namen in den

Nachmittag. Und ein rasender Kopfschmerz setzt ein, als würde irgendwo jemand eine Voodoopuppe meiner selbst mit einer rotglühenden Nadel bearbeiten. Flucht- artig verlasse ich die Szene, bevor ich mich vor Krimhilds kleopatrahaften bronzebraunen Füßen auf den makellos terrakottagefliesten Boden erbreche –

Ferdinands Höh #10. In Deinen Augen spiegelte sich der Sommerhimmel, Marie, an jenem Morgen vor so vielen Jahren, bevor Du ins Auto stiegst, das unten auf dem Hof hinter dem Holzschuppen parkte, damit, wie ich heute weiß, die Nachbarn nichts von Dir mitbekamen. Und noch immer sehe ich Dich, Marie, wie im Traum, die Sonnenblende runterklappen, die *Ray-Ban* auf die Nasenwurzel schieben, die Fahrertür schließen, den Gang einlegen, den Motor starten, in exakt dieser Reihenfolge, bevor Du aus meinem Leben verschwandst, grußlos und wortlos, wie es Deine Art war, auf Nimmerwiedersehen in Dein Nimmerwiedersehensland. Und was, Marie, hätte ich Dir sagen können zum Abschied? Dass ich verzweifelt bin, wie man nur verzweifelt sein kann. Dass ich nicht weiß, wohin mit all der Liebe in meinem übervollen, überquellenden Herz, das expandiert, wie das Universum selbst, mit immer größerer Geschwindigkeit, bis es in sich zusammenfällt, irgendwann, und implodiert, lautlos, mit all der unsagbaren Liebe darin. Einer Liebe, die niemand will, die niemand je wollte, von Anbeginn an, und am allerwenigsten Du, Marie. Und auch wenn ich weiß, heute, dass Du mich vergessen hattest, an der nächsten Kreuzung, spätestens, links ab Richtung Bundesstraße mit den verschlafenen sonntäglichen Straßen unseres provinziell postnationalsozialistischen Touristenattraktionenkaffs mit Schloss im Park und Südheideflair im Rückspiegel, trug ich Dich im Herzen, Marie, all die Jahre, als Erste von drei Frauen, die ich in meinem Leben wirklich geliebt habe. Vor Ana Arden war Krimhild. Vor Krimhild warst Du, Marie. Die Einzige. Die Schönste. Die, an der alle anderen sich zu messen hatten. Das Ideal.

Ich versteckte die Schwarz-Weiß-Fotografien von Dir, die ich, nicht lange nach unserer Begegnung, in einem unbeobachteten Moment im Wartezimmer des Zahnarztes aus dem *Spiegel* gerissen hatte, unter der Matratze, damit die Eltern nichts mitbekamen. Von Dir. Von Dir und mir, Marie. Holte sie hervor, verstohlen, nachts, und besah sie im Mondlicht oder im Schein der Taschenlampe, die mir mein Vater an der Tankstelle zum Geburtstag geschenkt hatte. Mit den üblichen vier Wochen Verspätung. Und was sie Dir nicht alles angetan haben, meine schönste, gnadenlose Rächerin. Und mit welch unversöhnlicher Unerbittlichkeit sie Dich verfolgt, verspottet und abgeurteilt haben, bis Du wie ein gehetztes, waidwundes Tier, eingekesselt von allen Seiten, endlich einsahst: Du konntest noch so sehr darum kämpfen, zur einen oder anderen Seite zu gehören, Dein Kampf war aussichtslos. Von Anfang an.

Und auch wenn es mir das Herz zuschnürt, vor Deinem Haus zu stehen, an diesem Spätsommernachmittag, mitten in Blankenese, Ferdinands Höh Nr. 10, nur einen Steinwurf entfernt von Krimhild Kunstmanns entkernter, restaurierter und vollsanierter Luxusvilla mit Doppelgarage, *State-of-the-art*-Alarmsicherung und Solarzellendach, und älter zu sein, heute, als Du es je wurdest, und auch wenn es mich wehmütig werden lässt, herumzuspazieren in Deinem Garten und mit dem abgebrochenen Ast eines Ahornzweigs in dem Pool herumzustochern, in dem Du gebadet hast, meine schöne Najade, einst, in den swingenden Sechzigern, mit den Kindern, die Du verließt, *für die Sache, später* (so wie ich meine Kinder verließ für einen *Magical Mistery Trip* nach Ochsenzoll), vor Deinem Sprung aus dem Fenster, der Dich – auf dem Papier, und nur dort! – schlagartig vom hanseatisch eingefärbten ultrachicen, ultralinken Salonlöwenestablishment in den bundesweit zur Fahndung ausgeschriebenen radikalen Untergrund katapultierte, und auch wenn es sich wie ein Abschied anfühlt, die ersten roten Blätter sanft niedergehen zu sehen auf der spiegelglatten Wasseroberfläche, in der die fahle Spätsommersonne sich schlierenhaft spiegelt, so bist Du doch hier, tief in mir, nah bei mir, meine Einzige, Marie, für alle Zeit. Und ewig werde ich dieses einen kristallenen Moments im steten Fluss der Zeit gedenken, in dem wir uns gegenüberstanden, Du und ich, Auge in Auge, ein einziges Mal, allein und stumm, am Morgen vor Deiner Abfahrt, Stunden bevor Du geschnappt wurdest, verpfiffen von einem vermeintlichen Verbündeten, dem rechtundordnungsliebenden Oberstudienrat aus dem elendig verkommenen Biedermannvorort der elendig verkommenen Biedermannlandeshauptstadt. Ich im Schlafanzug, das aufgeschlagene *Micky-Maus*-Heft in der Hand, und Du, meine Schöne, mit verwegen gestutztem rabenschwarzen Haar und der in den Scharnieren kreischenden rostigen Schere im Anschlag.

Der Tag, bevor du kamst. Und dann ist da dieser *ABBA*-Song, am Ende von allem, den Ehebrüchen und Ehekrisen und Ehekriegen, kurz vor dem Split. Keine spectorianische Siebziger-Jahre-Dancing-Queen-Herrlichkeit. Nichts als eisgraue Achtziger-Jahre-Synthesizer, ein Billig-Beatbox-Beat und dieses seltsam irritierende Geräusch im Hintergrund, das wieder- und wiederkehrt, an den unvorhersehbarsten Stellen, wie ein umherschwirrendes Insekt in einem bösen Traum. Mittendrin und scheinbar unberührt von allem: Agnetha Fältskog, die ihre Vocals, der Legende nach, in einem Take einsingt, dann wortlos das Studio verlässt und sich zurückzieht, regentinnenhaft, in ihr Landhaus unweit des königlichen Hofes im Westen der Hauptstadt.

Und wo wir gerade dabei sind: Das Ganze macht den Eindruck eines songgewordenen Falls von Stockholm-Syndrom. Kein Bullerbü weit und breit in Agnethas Allerweltsversion eines modernen, sozialverträglich sozialdemokratischen Schwedens. Akribisch um Zahlen und Fakten bemüht, listet sie ihren grauen, an eiserne Vorhänge, angeschmuddelte Spät-Siebziger-Vorstadt-Spitzengardinen und undurchsichtige nasskalte Februarnächte auf der menschenleeren Stockholmer Hauptverkehrsader *Sveavägen* gemahnenden Alltagsverrichtungen auf: Morgenzeitung, Büro, Lunch, Abendzeitung. Mit nahezu Meinhof'schem Drang zur Komplettierung erinnert sie sich der siebten Zigarette und dem Stopp beim *Chinese Takeaway* auf dem Weg nach Hause. Als würde sie einer Vergangenheit nachhängen, die an Alltagstrott kaum zu überbieten ist. Doch dann, ganz am Ende der Strophe, direkt vor dem Refrain, der nie kommt, folgt die Punchline.

Und mit einem Mal wissen wir, was Agnethas Leben so aus dem Gleichgewicht gebracht hat. Und wissen doch nichts. Weil Agnetha sich ausschweigt darüber, wer oder was genau es war, der oder das ihr Leben so schlagartig veränderte – eine Krankheit, eine schwere Depression, ein Unfall, ein faustischer Pakt, der Tod eines geliebten Menschen, der Namenlose mit dem namenlosen Werkzeug, das die Initialen der weltberühmten vierköpfigen Popgruppe in seine Bestandteile zerlegt, mit dem irritierenden Geräusch eines unsagbaren Insekts, bis auf Agnethas Seite nur noch ein krängendes Versal-A übrig geblieben ist. Ein Stalker vielleicht, vor den Toren des Landsitzes nahe Schloss *Drottningholm,* auf der Insel Lovön, dem Agnetha Tür und Herz öffnet in der Hoffnung, nein, in dem sehnlichen Wunsch, für den Rest des Lebens auf Händen durch die endlosen Zimmerfluchten getragen zu werden. Ein Liebhaber, der sich als tobsüchtiges, trinkwütiges Monstrum erweist und unsere Heldin verfolgt, in der Nacht, durch sämtliche 37 Zimmer, von der Küche unten links im Erdgeschoss bis hinauf ins Schlafzimmer oben rechts unter dem Dach, wo er ihr auf seine eigene pragmatische Weise sehr, sehr weh tut. Schweigend. Ohne jedes Geräusch. Das Haus hell erleuchtet.

Kein Wort kommt über die blaublütig versiegelten Lippen unserer Stockholmer Prinzessin, und am Sonntag darauf sitzt sie im Wohnzimmer der Eltern, *Furstinna* Agnetha, bei Kaffee und Zimtwecken, die blauen und grünen Hämatome auf Hals, Oberarm und Handgelenk ebenso professionell überschminkt und unter Tüchern und kostbarem Geschmeide verborgen wie der Fleck auf der Seele, der sich einnistete, mit namenlos klinischer Präzision am Tag, an dem *ER* kam. Ein kleines, kaltes, feingliedriges, schwarzes Insekt, das schreit in der Nacht, ganz ähnlich dem wiederkehrenden Geräusch im Song, und wächst und wächst, bis es Agnethas Seele ausfüllt und nichts mehr darin ist als jene spinnenartige, wuchernde, wabernde Masse, und Agnetha, früh ergraut, mit Wasser in den Beinen und Ringen unter den frühzeitig trüben Augen, dahinsiecht, bis Gott ihr die Gnade eines unzeitigen Todes erweist, eines schönen sonnigen katholischen Sonntagnachmittags voll klingender Glocken, die der Wind von der Schlosskapelle herüberweht. Agnetha, in den Armen ihres Liebhabers, nicht ohne ihn freizusprechen von jeder Schuld, denn das ist es, was das Schwarze Tier uns Unzureichenden und Ausgeschlossenen und Ungeliebten einflüstert, pausenlos, mit unheimlicher, lautloser Stimme: dass wir es sind, die Schuld sind an allem. Weil wir unserer Verantwortung nie gerecht werden und unsere verdiente Strafe kassieren, in den Augen der Welt, und unser Leben lang still und demütig auf der anderen Seite des Glases verharren, wie die Fliegen und all das andere nutzlose Geschmeiß, das den Weg nach draußen nicht findet.

Dies, Krimhild Kunstmann, Personal Ex-Dancing Queen und sagenumwobene Agnetha-Fältskog-*Eurovision-Song-Contest*-1974-Lookalike-Contest-Gewinnerin von 1991, schreibe ich Dir –

Am Tag, bevor wir kommen.

Agnetha und ich.

St. Vivi. Unten am überfluteten Strand, auf der Terrasse des seit Jahr und Tag leer stehenden Gasthauses *Am Leuchtturm*, an dessen geweißter Vorkriegssteintreppe schmatzend die Flut leckt, erzählt Vivi von Carl, dem Mann, mit dem sie zusammenlebt seit fast zwanzig Jahren. Sie würde ihm gern helfen und etwas verändern, sagt sie, doch sei da nichts zu machen. Carl spricht nicht und hört nicht. Am allerwenigsten auf Vivi. Er möchte in Ruhe gelassen werden und festhalten am Status quo. Um jeden Preis. Bis zum bitteren Ende. Er sagt, er liebe sie, sagt Vivi. Was immer es ist, das er darunter versteht, in seiner statisch-grauen Post-Sendeschluss-Welt. Ohne Freunde. Ohne Freude. Ohne Friede. Ohne Spielraum. Nichts als Zähnezusammenbeißen und kiefermahlende Durchhalteparolen.

»Das einzig Positive«, sagt Vivi, »er schlägt mich nicht.«
»Das ist das Problem«, sagt Vivi, »er ist mir nicht egal, weil er mir im Grunde egal ist.«
»Und das ist vielleicht das Schlimmste«, sagt Vivi, »jemanden zu lieben – aus Mitleid.«
»Ich bitte Dich«, sagt sie, nun etwas mutlos und müde, »was immer Du zu tun beabsichtigst, nicht zu tun.«
»Bitte –«, sagt sie und legt ihre Hand auf meine.
»Okay«, sage ich, »ich tue nicht, was immer ich zu tun beabsichtige. Unter der Bedingung, dass Du Dich von ihm trennst.«
»Und zu Dir komme?«
»Das habe ich nicht gesagt.«

Sehr ernst und gefasst sieht Vivi mich an. Wunderschön sieht sie aus, mit diesem verzagten Lächeln auf den Lippen, dass ich fast geneigt bin, mich vorzubeugen und sie zu küssen, auf ihren schönen, seit werweißwievielen Jahren ungeküssten Mund.

»Das kann ich nicht –«, sagt sie, ganz die Heilige Mutter Teresa der höllenschlundigen aidsverseuchten afrikanischen Affenfieberschlachthöfe.

»Und warum?«, frage ich der Form halber.

»Weil er vor die Hunde gehen würde ohne mich.«

Aquariumtrinker

List Of The Lost. Asoziale gibt es überall und zu ziemlich gleichen Teilen: Hartz-IV-Empfänger, Hartz-IV-Sachbearbeiter, Hauptschulabbrecher und Hochschulabsolventen, Lebensmittelhändler, Lebensmittellieferanten, Lebensmittelkonsumenten. Hier, in der im Aussterben begriffenen, dünkelhaften, geldadeligen, besitzstandwahrenden Alten Welt der Damen und Herren oben auf den Hügeln ist es nicht anders. Den Mangel an echter Betätigung und sexueller Energie gleicht man aus, indem man sich gegenseitig mit Klagewellen überzieht, wegen eines Parkplatzes, eines überhängenden Kirschbaumastes oder irgendeinem anderen Nichts und Wiedernichts, indem man dem anderen mit vollem Vorsatz die Vorfahrt nimmt, für den kleinen Kick zwischendurch, auf dem Weg zur Bank, zum Golfplatz oder zum Einlösen der letzten Privatrezepte in einer der unzähligen Apotheken am Platze.

Und doch ist all das Wertkonservative, Traditionelle, Gewachsene immer noch tausend Mal besser als das verschwendungssüchtige, hochleistungsgedopte, vorbehaltlos von sich selbst eingenommene Hedonistentum der Neuen Welt, weil hier Diskretion herrscht und man unter sich bleibt, am liebsten, und niemandem auch nur das Geringste neidet, weil man selbst alles hat, und mehr als genug davon. Und so trifft man im Hamburger Westen *(East Egg)* nicht an jeder x-beliebigen Ecke auf die Sorte neureicher Kotzbrocken, die wie die biblische Heuschreckenplage die Stadt heimsucht und bereits ganze gewachsene Stadtteile wie Eppendorf oder Winterhude *(West Egg)* fest im Griff hat. Halten ihre Visagen in jede bereit oder nicht bereit stehende Goldene Kamera, drängeln sich am Morgen beim Bäcker vor, Smartphone in der Linken, Coffee-to-Go-Becher in der Rechten, und kultivieren alles in allem eine Art gieriger, bornierter, arroganter, egotistischer Widerwärtigkeit, die alle geahnten oder ungeahnten Dimensionen sprengt. Niemals sänke ein Vertreter der Alten Welt so tief, ein wichtiges oder auch weniger wichtiges geschäftliches oder gar privates Telefongespräch in aller Öffentlichkeit zu führen. Niemals dächte ein Vertreter der Alten Welt daran, einen Fuß in ein Internetcafé zu setzen, ein Waxingstudio, eine Muckibude oder einen der zahllosen, quer über die Stadt verteilten Tiermassenvernichtungsmaschinerietempel wie *BK* oder *JB* oder *KFC* oder *McD* (mit dem weithin leuchtenden, verlockend gelb schimmernden, zum stilisierten *M* verbogenen Hakenkreuz über dem Eingang). Niemals ließe ein Vertreter der guten, alten Alten Welt seine Frau arbeiten, es sei denn an der steten Perfektionierung ihrer ureigenen *Home & Garden*-Vision innerhalb der eigenen vier Wände, oder, rein steuerabschreibungstechnisch, in der Alten Welt selbst, weshalb ich es vorzugsweise mit dem schönen Geschlecht zu tun habe auf meinen kapriolenhaften Wanka'schen Kreisen und Kringeln durch East Egg.

Nur in einem gleichen sich die Alte und die Neue Welt wie ein Ei dem anderen: Sie werden zusammengehalten, vollständig, von Geld, Rücksichtslosigkeit, Verantwortungslosigkeit, Argwohn und Mittelmaß und hinterlassen nichts als einen faden Beigeschmack auf der Zunge dessen, den die Gesellschaft als Misanthropen ächtet, weil er seine Freiheit bis zur Erschöpfung im Schöpferischen sucht, ausschließlich und allein (obwohl er die Menschen doch lieben möchte, im tiefsten Innern, wenn sie sich nur lieben ließen), ohne auch nur ein einziges Mal so menschen-, tier- und naturverachtend aufgelegt zu sein wie die Götter des 21. Jahrhunderts in den Zentren der Macht, die Banken und Börsen und Bonzen und Battenbergs. Also schweigt mich zu Tode!, diffamiert mich!, nennt mich misanthropisch!, masochistisch!, manisch!, meinetwegen, verbittert!, verblödet!, verhaltensgestört! Nehme ich alles und noch mehr. Denn was, frage ich Euch, bleibt einem kleinen Licht von Lebensmittellieferanten außer der Trauer und der Wut und dem geistesgestörten Traum, sich selbst zu bewahren und nicht so zu sein oder zu werden, wie alle anderen sind.

Spritztour mit Krimhild. Am Samstagabend, September '87, saßen wir im *Riley's*, Krimhild und ich, ganz hinten in der Ecke, rechts vom Eingang zum Billardraum, mit Blick auf die Tür, damit wir notfalls den Engländern entkommen konnten, die in schöner Regelmäßigkeit im Vollsuff den Laden auseinandernahmen. Krimhild sagte, sie kenne einen Weg, an den Toiletten vorbei durchs Lager auf den Hinterhof, wo man über eine Mauer klettern könne, die an die Gasse hinter der Stadtkirche grenzt. Ihre Cousine Lisa hätte letzten Sommer aushilfsweise im *Riley's* gejobbt und den Weg zweimal benutzt, weil sie keine Lust hatte, den Tommies dabei zuzusehen, wie sie sich gegenseitig das Mobiliar über die Quadratschädel kloppten, bevor die Militärpolizei anrückte und die Übeltäter ohne jeden Widerstand in die bereitstehenden Autos verlud. Warum wir ins *Riley's* gingen, obwohl dort jedes zweite Wochenende Großalarm herrschte? Weil das *Riley's*, abgesehen von einem halben Dutzend Touristen-Cafés, je einem trinkhallenmäßigen Proll-und-Biker-Treff an allen vier Ausfahrtstraßen sowie ein paar in rustikaler Eiche gehaltenen Post-68er-Kneipen, in denen alte Männer Altbier vom Fass tranken und nonstop und immer schön abwechselnd die letzte Joe-Cocker- und die letzte Eric-Clapton-Scheibe lief, der einzige Laden in der Stadt war, in den man als halbwegs normaler Durchschnittspostpubertierender einen Fuß setzen konnte, ohne übermäßig unangenehm aufzufallen.

So saßen wir da, Krimhild und ich, vor unseren Milchkaffeeschalen und unterhielten uns über Gottweißwas, als Kunstmann reinkam, sein ewiges Faktotum im Schlepptau. Jonas Fisk. Mit dem ich schon auf der Grundschule keine guten Erfahrungen gemacht hatte, weil er wegen diverser Ehrenrunden mindestens zwei Jahre älter als die Ältesten von uns war und so ziemlich jedem, also auch mir, irgendwann mal ohne jeden ersichtlichen Grund das Taschengeld abgenommen, den Ranzen über dem Mülleimer ausgeleert oder die Fresse poliert hatte. Oder alles zusammen. Ich duckte mich ein wenig weg, in Krimhilds Schatten, nur für den Fall, und beobachtete die beiden aus den Augenwinkeln. Ließen sich zwei Bier geben und gingen direkt an uns vorbei in den Billardraum, wobei Kunstmann ganz leicht an Krimhilds Stuhl stieß. Absicht oder nicht – Kunstmann drehte sich um, beugte sich zu Krimhild hinunter und entschuldigte sich, ganz *Prince Charming*. Und Krimhild? Schlug die Augen nieder, züchtig und ladylike, und rührte verlegen mit dem Löffel in ihrem kalt gewordenen Kaffee. Kommst Du, Kunstmann?, rief Fisk aus dem Billardsaal. Klar, komm ich, sagte Kunstmann, der den Blick nur schwer von Krimhild lösen konnte. Er schnalzte mit der Zunge, fast unhörbar, machte auf dem Absatz kehrt und stiefelte davon. Ich werd Dir zeigen, Joe, wer hier der Boss ist, sagte er, eine Spur zu laut. Und spätestens jetzt begannen die Alarmglocken zu klingeln in meinem Kopf, sehr laut, sehr schrill und sehr ausdauernd. Also versuchte ich Krimhild wegzulotsen aus dem *Riley's* und begann Vorschläge zu machen: kleiner romantischer Abendspaziergang durch den mondbeschienenen Park vielleicht oder über die Siebenseelenbrücke und dann am Fluss entlang zu den Froschteichen. Oder wir gehen nur so zum Spaß in einen dieser altbackenen Hippie-Schuppen, bestellen zwei Halbe vom Fass und benehmen uns so richtig daneben, werfen mit Bierdeckeln, rauchen Zigarren und lassen uns einen Schaumbart stehen. Nichts zu machen. Also spielte ich den letzten Trumpf aus: Und wenn wir zu mir gehen und ich für Dich auf der Gitarre spiele, Krimhild, sämtliche Songs, die Du in der großen Pause trällerst, vor versammeltem Publikum, unter der Kastanie, auf dem Schulhof. Fast hatte ich sie soweit.

Du kannst Gitarre spielen?, fragte Krimhild. Aus dem Billardraum hörte man Fisk jauchzen, und es war klar: Es war nur eine Frage von Minuten, bis Kunstmann an unserem Tisch auftauchen und Krimhild auf ein Gläschen einladen würde. Irgendwas Prickelndes, Klebriges: *Spumante* oder *Prosecco* oder *Bols Blau* mit weißer Brause. Komm, sagte ich, ein wenig ungeduldig, und Krimhild stutzte: Was ist los?, sagte sie. Nichts, es ist nur ..., begann ich. Und während ich noch überlegte, ob ich die Flucht nach vorn antreten und Krimhild sagen sollte, dass ich Angst hatte, um sie und mich und uns, weil wir kurz davor waren, in die Fänge der zwei übelsten Schläger der Stadt zu geraten, trat auch schon Kunstmann an unseren Tisch.

Scheiße, sagte er direkt an Krimhild gewandt, hab verloren. Er zog einen Stuhl heran, vom Nachbartisch, und setzte sich zu uns, rechts von Krimhild, während Fisk sich links neben mir aufbaute, die Arme vor der Brust verschränkt, mit dem Rücken an den Türrahmen gelehnt. Na, Ihr zwei Hübschen, sagte Kunstmann, was habt Ihr heute noch so vor? Fisk lachte sein heiserstes Lachen und nuckelte an seiner Bierflasche. Eins musste man Krimhild lassen: Sie ließ sich nicht aus der Ruhe bringen. Sah

Kunstmann an und sagte, das wüssten wir noch nicht, wir wären gerade am überlegen, allerdings müsse sie so gegen zwölf zuhause sein. Na, sagte Kunstmann, dann haben wir ja noch Zeit. Er starrte sie an, mit Stielaugen und einem süffisanten Lächeln auf den Lippen: Was haltet Ihr davon, sagte er, wenn wir zusammen eine kleine Spritztour machen?

Im selben Augenblick fing ich an zu schwitzen, lief knallrot an und suchte nach einem Ausweg. Fieberhaft. Nahm all meinen Mut zusammen und wagte einen halbherzigen Vorstoß: Wir wollten gerade zu mir, sagte ich mit kümmerlicher Stimme. So?, sagte Kunstmann und bedachte mich mit einem kurzen Blick aus den Augenwinkeln. Und dann?, fragte er. Wollte ich ihr ..., begann ich und brach ab. Es klang zu lächerlich in Gegenwart der beiden. Kunstmann nickte wissend, rollte die Zunge im Mund herum und sah Krimhild an. Und Du, sagte er, wolltest mit zu ihm? Ich weiß nicht, wie er es machte, doch so, wie er die Frage stellte, klang es, als wäre Krimhild als die unschuldige Joan of Arc vom Lande kurz davor, auf Jack the Ripper persönlich reinzufallen. Cream, sagte ich, komm – Doch legte Fisk seine Hand auf meine Schulter und drückte mich sanft hinunter in den Sitz. Cream, sagte Kunstmann, in schlechtem Englisch, und ließ sich das Wort auf der Zunge zergehen, ist das Dein Name? Er blickte vielsagend auf zu Fisk. Ich glaube, sagte er, wir sollten unsere zwei Turteltäubchen allein lassen, Cream und ihren stolzen Beschützer, mit ihrem französischen Kaffee und ihren französischen Küsschen, und uns was anderes suchen.

Niemand kann sich meine Erleichterung vorstellen, als Kunstmann aufstand, Krimhilds Hand nahm, sich verbeugte und ihr einen Kuss auf die Finger drückte. Fisks Griff lockerte sich. *Au revoir*, sagte Kunstmann in schlechtem Französisch und gab Fisk einen Wink, nur um zu zeigen, wer der Boss war von den beiden. Komm, sagte er. Moment, sagte Krimhild, ich glaub, das mit der Spritztour ist gar keine so schlechte Idee.

Und so saßen wir dort, im blauen Neonlicht, in Kunstmanns Audi, Krimhild und ich hinten, Fisk am Steuer, während Kunstmann in der Tanke verschwand, um Stoff zu kaufen, wie er es nannte. Kam zurück mit einem Six-Pack und einer Flasche *Southern Comfort*, die er aufdrehte und Krimhild nach hinten reichte, während Fisk Gas gab. Trat das Pedal durch, als gäbe es kein Morgen mehr, drehte die Musik auf und grölte lauthals mit: *Def Leppard*. Bei alldem bekam ich kaum mit, wohin die Reise ging, bis Kunstmann sich zu uns umwandte und brüllte: Wir gehen schießen auf dem Truppenübungsplatz! Fisk wüsste, wie man ins Munitionslager käme, von einem Kumpel seines Vaters, der früher mal bei Hoffmann die Logistik gemacht hätte. Kennt Ihr aus der *Tagesschau*, sagte er, nahm einen tüchtigen Schluck, reichte mir die Flasche und forderte mich auf, mit einer einzigen winzigen Bewegung des Kopfes, oder vielmehr des Kinns, es ihm nachzutun. Das Zeug schmeckte scheußlich, süß und ölig und pisswarm. Na, geht doch, sagte Kunstmann, nahm mit der Linken die Flasche, legte die Rechte auf Krimhilds Knie, trank alles auf ex, wischte sich den Mund mit der Rückseite der Hand, grinste Krimhild an, öffnete das Fenster und schmiss die Flasche über die Schulter hinaus.

Keine Angst, sagte Kunstmann, während er Krimhild über den Zaun half, hier hört uns keine Menschenseele. Ich muss so langsam nach Hause, sagte Krimhild, während sie über den Zaun kletterte, auf dem Fisk hockte wie ein Raubtier vor dem Sprung. Mit dem Fuß drückte er den Stacheldraht runter, damit Krimhild nicht daran hängenblieb. Wäre doch schade um das süße Fleisch, sagte Kunstmann und kletterte gewandt über den Zaun. Kommst Du?, fragte Krimhild von der anderen Seite. Ich machte mich daran, ihr nachzuklettern, zerriss mir die Hose am Stacheldraht, vom Sprunggelenk bis hoch zum Knie, und befühlte die Schramme am Schienbein, als ich unten ankam. Los, kommandierte Kunstmann und nahm meinen Arm.

Es stimmte: Fisk hatte einen Schlüssel zum Munitionslager. Und einen für die Waffenschränke. Mannomann, sagte Kunstmann, im flackernden Licht des Feuerzeugs, mit Blick auf die in Reih und Glied aufgehängten MPs und MGs in den Wandschränken. Er nahm zwei Pistolen und eine Schachtel Munition. Kommt, sagte er, ich weiß, wo wir hingehen.

Eine halbe Ewigkeit warteten wir, auf dem Aussichtsturm im Wald. Starrten hinunter auf die Lichtung, die von einem weißen Mond beschienen wurde. Krimhild nahm meinen Arm, zitternd vor Kälte, und ich legte ihr meine Jacke um die Schultern. Dann sahen wir sie: die leuchtenden Augen. Etwa fünf Paar. Wie Glühwürmchen tanzten sie auf und ab am Waldrand. Wildschweine, flüsterte Fisk und legte an. Warte, zischte Kunstmann. Er zog Krimhild auf seinen Schoß, drückte ihr die Pistole in die Hand, legte seine Finger um ihre und flüsterte: Jetzt. Und im selben Moment hallte ein ohrenbetäubender Schuss durch die Nacht. Dass ich glaubte, das Herz bliebe mir stehen und die Erde würde schwanken unter mir und der Turm in sich zusammenfallen. Ich hörte das Getrappel der Wildschweinherde, die im Wald verschwand, und sah das Augenpaar, grün schimmernd, dort unten auf der Waldlichtung, nur ein paar Meter von uns entfernt. Kommt, sagte Kunstmann und kletterte behände als Erster die Leiter hinunter.

Wir standen um das Wildschwein herum, das schnell atmete und aus kleinen Schweinsäuglein aufsah zu uns, von einem zum anderen. Warte, sagte Kunstmann wieder, als Fisk die Waffe hob. Er trat hinter Krimhild, die noch immer die Pistole in der Hand hielt, und legte die Arme um sie. Nahm ihre Hände, ihre Finger. Sie wird es zu Ende bringen, sagte er mit seltsamer Erregung in der Stimme. Und keine Ahnung, was dann mit mir passierte, doch stürzte ich mich auf Krimhild, im selben Moment als sie schoss, riss Kunstmann zu Boden und schlug auf ihn ein. Mörder, hörte ich mich brüllen, von irgendwoher, bis Fisk mich von hinten packte und mich hochzog und Kunstmann sich vor mir aufbaute und auf mich einzuschlagen begann. Was glaubst Du, wer Du bist?, sagte er und schlug zu. Ins Gesicht und in den Magen. Abwechselnd und immer wieder. Bis ich zusammensackte und

Fisk mich losließ und Kunstmann zutrat, zwei oder drei Mal. Ich hörte Krimhild lachen. Wie irre. Komm her, sieh ihn Dir an, Deinen Beschützer, brüllte Kunstmann, und Krimhild beugte sich über mich, mit ihrer maskenhaften Walpurgisnachtvisage. Oder nein, genau andersherum: Sie hatte alle Masken fallen lassen, meine nibelungentreue Liebe, spätestens jetzt, als Kunstmann sie bedrängte, von hinten, wie ein wildes Tier. Spuck ihm in die Fresse, Kleine, zischte er ihr ins Ohr, spuck. Und Krimhild? Lachte, wie besessen, bewegte den Kiefer, als wollte sie Knochen zermahlen, und spuckte.

Briefe an Vivi 5: Störungen haben Nachrang! Ich wünschte, ich könnte mich mit Deinen Augen sehen, meine Einzige, ein einziges Mal, und müsste nicht immer zweifeln, an allem und jedem, und am meisten an mir selbst. Jedes Gefühl hinterfragen, jedes Wort, jeden vagen Moment von Glück. Und mehr als alles andere: jede kleinste Regung von

L-
Lllll-
Lllllie-
Lllliiiäääähhh-
Boooäääaargghh!
So, nun ist es raus.

Keine Zärtlichkeit, keine Berührung, kein Schwur, kein Versprechen von Zuneigung, das je groß genug gewesen wäre, mein verfrorenes Herz aufzutauen. Und dabei, meine Liebe, ist es doch der Zweifel, am Ende, der mich am Leben hält. Weil er so mächtig ist und allem innewohnt, dass ich nicht umhin kann, sogar an ihm zu zweifeln, dem Großen Meister selbst. Und nicht von der Autobahnbrücke springe, an eisgrauen, schneematschigen, regenverschleierten Novembernachmittagen. Das könnte ich, wie Ana Arden eines schönen gemeinsamen vergangenen Eheabends beim Abwasch so schön sagte, immer noch machen, wenn die Kleinen aus dem Haus sind. Hatte leicht reden, die heilige Madonna und Mutter meiner Kinder, in deren Familie sämtliche Angelegenheiten über Generationen hinweg so gründlich und grundsätzlich unter den Teppich gekehrt wurden, dass man kurz davor war, sich zu siezen, wenn man sich alle Jubeljahre mal über den Weg lief, weil es sich nun so gar nicht vermeiden ließ. Konfliktscheu, die Ardens. Beinahe wie Du, meine geliebte Prokrastinistin, die Du mit Carl auch nur über Alltagsbanalitäten hinaus Dinge verhandeltst, wenn ein akuter Notstand es verlangt, und auch dann nur, um Dir Luft zu verschaffen, für den Moment, bevor sämtliche grundsätzliche Fragen einmal mehr auf ein unbestimmt späteres Mal vertagt werden –

(Don't Get Lost On) Luneburg Heath. Da sind wir
ganz anders, höre ich meine cholerische Großmutter
väterlicherseits sagen. Herrscherin über einen Hof voller Männer. Und Recht hat sie. Auf den ersten Blick.
Hier im Hause Spihr wurden die Dinge auf den Tisch
gebracht oder vielmehr: auf die Theke, nachts, wenn alle
genug intus hatten und sich zwischen zwei Bier mit Korn
gegenseitig die Wahrheiten ins Gesicht schleuderten. Mit
hässlichen, hochrot angelaufenen Gesichtern, grotesk ver-
drehten Mäulern und hervorquellenden Augen gingen sie
aufeinader los: Onkel Phil auf Onkel Meck, Onkel Meck
auf Onkel Braun, Onkel Braun auf meinen Vater, mein
Vater auf Onkel Phil und so weiter und so fort. In jeder
denkbaren Konstellation und Variante und anschließend
wieder von vorn.

Drei oberste stillschweigende Gebote gab es bei alldem.
Erstens: Niemand hatte jemals nicht Recht. Zweitens: Niemand trug jemals auch nur einen Funken Verantwortung
für die eigene Misere. Und drittens: Alle waren schuld an
allem, nur man selbst war schuld an nichts. Und mein
Großvater, das nominelle Oberhaupt der Familie, stand
daneben und grinste. So ist doch wenigstens Leben in
der Bude, sagte er und schickte die Frauen wieder nach
Hause, die ihre Männer vom Dorffest, vom Frühlingsfest
oder vom Schützenfest abholen wollten. Drückte mir ein
Schnapsglas in die Hand, grinste sein Grinsen und sagte:
Hier, probier mal, Junge, Honigschnaps, hat Dein Opa
selbst gebrannt. Es kratzte im Rachen, das Zeug, obwohl
es süß war wie die Sünde. Und die Onkels und der Vater?
Fuhren besoffen nach Hause, wenn sie genug hatten, alle

in einem Auto oder jeder für sich, oder schliefen ein an der Theke oder fielen vom Hocker und blieben liegen, bis die Band aus dem Nachbarkaff am Morgen zum Frühschoppen aufspielte und es mit einem Kurzen vor der ersten festen Mahlzeit weiterging. Kein Wunder, dass meine Mutter die Nase voll hatte, nach kürzester Zeit, und ihre Sachen packte. Zu denen, nach einem ersten halbherzigen, drei Monate währenden Versuch mit dem Möchtegernmaler Berger, im zweiten Anlauf auch ich gehörte. Mehr oder weniger zufällig. Sie stand einfach auf eines Morgens und ging zur Bushaltestelle. Mit mir an der Hand. Zog in die Stadt, den Kleinen im Schlepptau, und stritt mit dem Vater herum, der ohne jede Ankündigung auftauchte, alle zwei Tage oder einmal alle zwei Monate, in seinem alten *Mercedes,* und mich mitnehmen wollte, in sein Kaff am Rande des Zonenrandgebiets. Und mich tatsächlich mitnahm, nach einigen obligatorischen Debatten, für zwei oder vier oder sieben oder zehn Tage, bis die Mutter ihm am Telefon (dem einzigen des kompletten Kaffs) beim Mittagessen in der Küche vor versammelter Mannschaft die Hölle heiß machte, und irgendwer, der sowieso über kurz oder lang in die Stadt musste, um irgendwelche Ersatzteile abzuholen, verdonnert wurde, mich mitzunehmen. Und mich tatsächlich mitnahm. Wenn er mich nicht vergaß. Kein Wunder, dass in dem ganzen Chaos das eine oder andere auf der Strecke blieb. Nicht zuletzt ich selbst, der ich den Nachmittag auf einem Stapel Comics neben Onkel Phils Auto auf dem Hof verbrachte, bis ich abends ins Haus getrottet kam, wo meine Oma mir offenbarte, Onkel Phil sei nach einer kleinen Feier am Vorabend wider Erwarten doch nicht dazu gekommen, in die Stadt zu fahren. Stattdessen führe Onkel Braun, gleich morgen früh nach dem Aufstehen, was ungefähr so viel hieß wie: allerfrühestens morgen Nachmittag nach dem Kaffee. Falls nichts dazwischenkam.

Kein Wunder, dass ich Dr. Marslinger wie aus der Pistole geschossen antworten kann, als sie mich in der Klinik fragt, was meine Eltern mir mit auf den Weg gegeben haben fürs Leben. Selbstbeherrschung, Frau Doktor. Unbegrenzte, ungebremste Selbstbeherrschung. Bis zur Gefühllosigkeit. Wenn auch unfreiwillig und aus der Not geboren. Nicht leicht zu verstehen, sagt die Marslinger und ist mit ihren Gedanken ganz woanders. Beim Tennisturnier vielleicht oder beim Barbecue oder beim Rendezvous am Nachmittag nach Dienstschluss. Nicht leicht zu verstehen?, echoe ich, ein wenig ungehalten. Dass Sie derart rücksichtslos mit ihrer Familie gebrochen haben, sagt die Marslinger. Rücksichtslos, echoe ich, nun ernsthaft aufgebracht. Die Marslinger blättert in ihren Notizen. Seit zwanzig Jahren jeden Kontakt abgebrochen, steht hier in der Akte, sagt sie und träumt von ihrem weißen *Porsche*, der die Landschaft durchschneidet, mit 110 Sachen auf der Landstraße vom Klinikum Richtung City. Und das, Frau Doktor, war immer noch zwanzig Jahre zu spät, hätte ich entgegnen mögen, doch war ich nun selbst mit meinen Gedanken woanders. Wie blöd stierten wir nun beide aus dem Fenster, die Marslinger in Erwartung des Feierabends und ich ganz und gar versunken in Erinnerungen: an den frostigen windstillen Februarmorgen, an dem mein Großvater starb, in seinem winzigen unbeheizten Zimmer mit Blick über die Felder, auf die ein feiner Pulverschnee niederging. Atemstockende, pastorale, wanduhrtickende Winterruhe. Bevor der Sturm losbrach, am Nachmittag der Beerdigung. Beim Leichenschmaus in Onkel Phils Gasthof.

Einmal mehr war es Onkel Meck, der mit dem Testament anfing. Bei Kaffee und Kuchen. Behauptete, Onkel Phil habe damit gedroht, das Ding zu verbrennen, das in seinem Büro im Safe lag. Onkel Braun kaute seinen Kaffee, wie es seine Art war, und sagte, es spiele keine Rolle, was Onkel Meck behauptete oder womit Onkel Phil drohte, das Testament sage klipp und klar, dass ihm als Ältestem die Ländereien zustünden und damit die Vergabe der Liegenschaften. Mein Vater sagte nichts, dieses eine Mal, und trank sein Bier. Mit schwermütigem Gesichtsausdruck. Als wüsste er, alles würde auseinanderfliegen, noch in derselben Nacht, und es gäbe nichts, das die vier Brüder davon abhielte, sich wie die Wölfe gegenseitig zu zerfleischen, nicht einmal der Jähzorn meiner Großmutter.

Ich stieg ins Auto, nachts, gegen halb zwölf, unbemerkt von allen, und fuhr vom Hof. Hielt nur ein einziges Mal auf dem Weg nach Hause. In einem Waldstück an der Bundesstraße, kurz vor der Auffahrt zur Autobahn, ganz nah der Stelle, an der Kunstmann und Fisk das Munitionslager geplündert hatten, damals in jener unseligen Nacht meines letzten Rendezvous mit Krimhild. Ich zog meinen Anzug aus, Ober- und Unterhemd, Schuhe und Strümpfe, und versenkte alles in einem Tümpel, in den ich beim Herumtasten in der Dunkelheit beinahe selbst gefallen wäre. Dann stapfte ich zurück, in pechschwarzer Finsternis, und verlief mich. Barfuß. In Unterhosen. Mitten in der Nacht, mutterseelenallein in der Lüneburger Heide. Ich war kurz davor, in Panik zu geraten, als ich die Lichter sah, aus einem Häuschen am Waldrand, das irgendein wohlmeinender Bruder Grimm dort hingedichtet hatte. Schlich mich vorbei an dem im Tiefschlaf knurrenden Kettenhund und wärmte mich, so gut es ging, in der Scheune, eine rotkarierte Wolldecke um die Schultern geschlungen, die ich auf der Rückbank eines uralten *Ford* gefunden hatte. Beim ersten Hahnenschrei stapfte ich los, mitsamt der Decke, den Feldweg hinunter, zur Landstraße, deren Verlauf ich folgte, im Schatten des Waldes, bis ich das Auto wiederfand. Ich steckte den Schlüssel ins Schloss, der noch immer in der Ablage zwischen den Sitzen lag, drehte den Heizungsregler bis zum Anschlag und fuhr nach Hause.

Eine Woche lag ich flach, mit Fieber und Schüttelfrost. Schwitzte die ganze Scheißbagage aus mir raus und war erleichtert, als meine Mutter anrief, am Sonntag, beim ersten Kaffee *post mortem familiares*, um mir zu sagen, sie hätte sich entschlossen in ihre Heimat zurückzugehen, wo sie mit ihrer Schwester Minnie ein Hotel betreiben wolle in einer ehemaligen Meierei in Klamath Falls, Oregon. Was mir die Mühe ersparte, die Annonce auszuhängen, die ich vorsorglich im Fieberwahn formuliert hatte, um sie, wie Steckbriefe, an den unberührten Apfelbäumen der Elysischen Felder und Wälder eines ewigen Reiches friedlich beieinander liegender Löwen und Lämmer auszuhängen, oder im Falle, sie wären dort unten schon so weit, in digitalisierter Form und auf jede nur erdenkliche social-network-mäßige Weise ins jenseitige Netz zu stellen – gemailt, gepostet, getextet, getwittert, getumblrt:

»Tausche die neurotisch-narkoleptischen Ausfälle meines Vaters sowie die siebenundsiebzig Nervenzusammenbrüche meiner Mutter gegen jedwede Medikamentensucht eines Nahestehenden samt sämtlicher narzisstischer Störungen diverser entfernter Verwandter.«

Asteroid 242. Es wird der Tag kommen, oh Lord, an dem alles kippt. Wie von Agnetha prognostiziert. Ein Schmerz, eine Krankheit, ein Unfall, ein einziges Wort vielleicht, und nichts wird mehr sein, wie es war. Und als ahnte sie irgendetwas, ruft Vivi an, aus der Telefonzelle, weil sie zum werweißwievielten Mal ihr Handy verloren hat. Ich weiß, dass es Vivi ist, die anruft, weil sonst niemand mehr anruft seit werweißwievielen Tagen. Und das ist der einzige Grund, warum ich rangehe.

Ich wollte mal hören, wie es Dir geht, sagt sie, mit einem Unterton in der Stimme, den ich so von ihr noch nie gehört habe. Gut, sage ich. Ich wollte nur sagen, dass es mir leid tut, wegen neulich unten am Strandweg. Was meinst Du?, frage ich, nur um Vivi ein wenig aus der Reserve zu locken. Na, Du weißt schon, als ich meinte, ich könnte, na ja – Na ja, was? Na ja, sagt Vivi, ihn nicht für Dich verlassen. Schon vergessen, sage ich. Dann sagen wir eine ganze Weile nichts mehr. Bist Du sicher, dass alles okay ist?, fragt Vivi. Mhmm, mache ich. Ich hab so ein komisches Gefühl, sagt sie. Hmhhh, mache ich. Stille. Dass irgendwas passiert, sagt sie. Und nach einer Pause: Mit Dir. Zum Beispiel?, sage ich, und meine Stimme klingt bemühter als mir lieb ist. Keine Ahnung, sagt Vivi. Ich muss jetzt Schluss machen, sage ich, Kundin im Anmarsch. Das ist nicht mal gelogen, denn da kommt sie, die Kundin, Krimhild Kunstmann, mit sommerlich buntem Einkaufstäschchen, im zitronengelben Kleid, mit zitronengelben, schnürsenkellosen *AllStars* an den schönen, braungebrannten Füßen. Sie tritt aus der Haustür, trippelt die Treppe hinunter und öffnet per Knopfdruck

das Garagentor. Ich nehme den Notizblock und notiere:
11 Uhr 18 K verlässt Haus. Und schon kommt sie herausge-
schossen, aus dem linken Tor, in ihrem roten *Fiat* mit den
sportlich weißen Streifen, und brettert ohne zu blinken
rechts ab in Richtung downtown Blankenese.

Ich nutze die handgestoppten achteinhalb Sekunden,
die es braucht, bis das Tor vollständig vollautomatisch
geschlossen ist, um hinter dem Wagen hervorzusprinten
und im letzten Moment auf allen Vieren in die Garage
zu schlüpfen. Ich schalte das Licht an und sehe mich
um. Alles picobello aufgeräumt hier, das muss man dem
Herrn des Hauses lassen, dessen *BMW* vor dem rechten
Tor parkt. Das Werkzeug fein aufgereiht an der Wand,
die Werkbank mit Schraubstock und ein paar dekorativ
verstreuten Ring- und Maulschlüsseln darauf. Von den
beiden Türen führt die abgeschlossene ins Haus und
die nicht abgeschlossene in den Garten. Skier stehen
in der einen, Poloschläger in einem Korb in der anderen Ecke. Benzinkanister. Grill. Kohle. Brennspiritus.
Kaminholz, fein säuberlich und vorsorglich aufgestapelt
für den kommenden Winter. Rasenmäher. Motorsäge.
Bohrmaschine. Ein ölverschmierter *Pirelli*-Kalender von
1977 an der Wand über der Werkbank, Monat August,
Motiv: barbusige Blondine an tropischem Strand, die
lasziv an einem Strohhalm nuckelt, der in einen unna-
türlich grünfarbenen Cocktail mündet. Per Knopfdruck
öffne ich das Tor und trete hinaus in den vogelsingen-
den, vogelklingenden, vogelkreischenden Sommer, der
so langsam in den letzten Zügen liegt. Habe mir Urlaub
genommen, eigens, die Woche, und mir einen Wagen

gemietet, um auf Philip Marlowe zu machen. Nicht dass ich in absehbarer Zeit vorhätte, zu den Wankas zurückzukehren.

Ich setze mich ins Auto und döse vor mich hin, bis Krimhild mit geschätzten 60 Sachen die *Tempo-30*-Zone heruntergerast kommt, das Auto in der Garage parkt und per Knopfdruck das Tor schließt. Alles innerhalb einer halben Minute. Scheint ihr nichtmal aufzufallen, dass das Tor sperrangelweit offenstand, als sie kam. Sie öffnet die Haustür und hievt die prall gefüllte Einkaufstasche in den Vorflur. Angelt die Post aus dem Briefkasten und schiebt die Sonnenbrille auf die Stirn, um routinemäßig die Post zu studieren. Stutzt für einen Moment, weil ein Brief von mir dabei ist, in dem ich ihr mitteile, dass ich sie besuchen werde, kommende Woche, um mit ihr das zu machen, was wir seit Langem miteinander machen wollen. Die Gute wird ganz aufgeregt und schaut sich nach allen Seiten um, bevor sie ins Haus tritt. Als hätte sie Angst, die Nachbarn könnten sie beobachten, von ihren schattigen Plätzen hinter den alarmanlagengesicherten Fenstern aus. Dann tritt sie ein, ins vollklimatisierte Krimhild'sche Reich, und schließt die Tür hinter sich.

Tagelang geht das so, bis ich weiß: Krimhilds Alltag unterscheidet sich nicht wesentlich vom Jahresurlaub anderer Leute. Zweimal am Tag verlässt sie das Haus und fährt einkaufen, Eis essen oder Kaffee trinken mit den Freundinnen vom Club. Am Dienstag kommt die Putzfrau. Am Donnerstag der Gärtner. Am Freitagmittag fährt sie zum

Tennis. Kommt erst am späten Nachmittag wieder und hat deutlich ein paar Drinks zu viel gehabt. Sie schwankt bedenklich auf dem kurzen Weg von der Garage zur Treppe. Von Kunstmann die ganze Woche über keine Spur. Turnt, mutmaße ich, auf irgendeinem Kongress herum, in Hongkong oder Honolulu oder Höhenkirchen-Siegertsbrunn, und wird nicht vor dem Wochenende zurückerwartet.

Und tatsächlich: Am Samstagmorgen steigt Krimhild ins Auto, um zweieinhalb Stunden später wiederzukehren, mit Kunstmann auf dem Beifahrersitz. Ich sehe nur seinen vagen Umriss hinter der Scheibe, durch das Fernglas, das ich gekauft habe, in dem kleinen Laden unten am Bahnhof, dort, wo Frau Chaikh einst, an einem unbeschwert ölkriselnden Mitt-Siebziger-Jahre-Sonntag ihr Bett fürs Leben erstand. Dann tritt Kunstmann aus der Garage, mit dem Rücken zu mir, nimmt seinen Rollkoffer und legt einen Arm um Krimhilds Taille. Etwas fülliger geworden, konstatiere ich. Kunstmann, nicht Krimhild. Die seine Hand nimmt und ihn zur Haustür zieht. Das Ganze wirkt etwas gekünstelt, sodass ich spontan entscheide, eine Woche Urlaub dranzuhängen. Und eine Woche Mietwagen. Doch zuerst fahre ich raus, am Sonntag, nach Rahlstedt, zu Reed, der noch immer im sechsten Stock seines hässlichen Wohnblocks residiert, und kaufe ihm drei Unzen ab. *Long time no see*, sagt er in seinem sonoren Tonfall, den ich nur allzu gut kenne. Ja, sage ich, zu viel zu tun gehabt. Reed sieht mich an, aus ewig müden Augen, und sagt endlos gleichmütig: Das macht drei Ditscher, Mann.

Punkt sieben am Montagmorgen finde ich mich auf meinem Beobachtungsposten ein. Keine Minute zu spät, denn schon kommt Kunstmann aus der Tür. Überaus geschäftig. Handy am Ohr, Koffer in der Hand, öffnet er per Knopfdruck das Garagentor und fährt Sekunden später in seinem blaugrau blitzenden *BMW* heraus. Blinkt vorschriftsmäßig und biegt nach rechts ab. Ich folge ihm, ein Liedchen pfeifend, den ganzen Weg von Blankenese bis in die Hafen City, wo er mit seinem Wagen in der Tiefgarage eines Neubaus verschwindet. Ich parke im Halteverbot gegenüber und betrachte eingehend die zwei mal zwölf Firmenschilder an der Wand neben dem Eingang. *KUNSTMANN & KREUGER CONSULTING* steht dort, gelb auf schwarz, auf dem zweiten Schild oben links. Vorschriftsmäßig fahre ich den Wagen fünfzig Meter weiter in die nächste Parkbucht und steige in den folgenden vier Stunden nur aus, um alle 60 Minuten eine Münze in die Parkuhr zu werfen. Am Mittag sehe ich Kunstmann aus der Drehtür treten, mit einem Kollegen und einer sehr attraktiven Brünetten, die ihrem Chef ganz und gar ergeben ist, wie ich auf dem Weg zum Lunch beobachten kann. Ich setze mich an den Nebentisch, beim Asiaten, die Unauffälligkeit in Person, mit meinem harmlos verschnarchten *Hamburger Abendblatt* und dem nur leidlich spannenderen Kreuzworträtselmagazin. Stochere zerstreut in meinem Sojasprossensalat herum, während die Brünette Kunstmann an den Lippen hängt, der von seinen Kongressabenteuern in Helsinki und vom anstehenden Poloturnier am Wochenende erzählt. Kein Urlaub in Sicht in Kunstmanns Leben, wie es scheint. Kein neuerlicher Kongress. Keine absehbare Reise ins beste Hotel an der

Küste, wo Kunstmann der Brünetten nach allen Regeln der Kunst sein ganz persönliches Kamasutra näherbringt, um Krimhild bei seiner Rückkehr zu erzählen, der alljährliche Chefetagen-Coaching-Weekender bei der eigens aus Berlin angereisten hoch dotierten Coaching-Koryphäe, den er tatsächlich schon seit Jahr und Tag exklusiv Kreuger überlässt, sei auch dieses Jahr wieder ein voller Erfolg gewesen. Nur fürs Bett reicht es nach dem ganzen anstrengenden Gecoache nicht mehr.

Am Dienstag das gleiche Spiel: Punkt sieben – Kunstmann, Koffer, Handy, *BMW*. Nur dass ich diesmal nicht durch die halbe Stadt hinter ihm herkurve, sondern die Putzfrau abwarte, die wie bestellt um zehn auf der Matte steht. Krimhild lässt sich den ganzen Tag nicht blicken. Geht aber am Mittwoch verhältnismäßig früh aus dem Haus und kommt Stunden später wieder, frisch frisiert und mit einem Stapel Hochglanzmagazine in der prall gefüllten *Gucci*-Handtasche. Am Donnerstag erscheint der Gärtner, wie gehabt, um halb elf, und am Freitag fährt Krimhild im weißen Röckchen zum Tenniskomasaufen. Ein Stück begleite ich sie bis vor die Tore des Clubs am Rande des Waldfriedhofs, dann fahre ich weiter gen Hafen City, wo ich pünktlich eintreffe, um Kunstmann, zwei Kollegen und die unvermeidliche Brünette auf ihrem Weg zum Italiener zu eskortieren. Ich bestelle einen Espresso und warte, bis Kunstmann sich auf dem Klo die Krawatte richtet, um so nah wie möglich an dem Tisch vorbeigehen und einen Blick aufs Namensschild am Revers der Brünetten werfen zu können. *I. Heitmann* lese ich und fahre ins Wochenende.

Verbringe den Samstag damit, meine Notizen zu vergleichen, und entscheide, das Ganze so schnell wie möglich hinter mich zu bringen. Am Montag klappt es nicht, des Päckchens von Reed wegen, das unter dem Deckel der Kanne der Kaffeemaschine klebt, die ich seit Monaten nicht mehr benutze. Den Dienstag brauche ich zum Runterkommen. Also Mittwoch. Schreibe an Krimhild. Kurz und knapp: »*Entschuldige die ungebührliche Verspätung, meine schöne einzige Nibelungenkönigin, ich komme nun am Mittwoch, Dich zu bestricken und zu berücken.*« Fahre raus nach Blankenese, am späten Sonntagabend, und werfe eigenhändig die Post in den Briefkasten des hell erleuchteten Kunstmann'schen Anwesens. Dann schleiche ich um die Garage herum in den Garten, an dem blauschimmernden Pool vorbei, und spähe durch einen Spalt im Vorhang ins Wohnzimmer. Kunstmann guckt *Tatort*, die Augen schwer vom Polospielen. Krimhild sitzt neben ihm auf dem Sofa, die Füße auf die Glasplatte des Beistelltisches gelegt, und blättert in der neuen *GALA*, die es letzten Mittwoch nach dem Frisör noch nicht gab.

Als ich nach Hause komme, wartet Vivi vor der Haustür auf mich. Was machst Du?, fragt sie. Was meinst Du?, frage ich. Hab bei Wanka angerufen, weil Du nicht ans Telefon gehst. Kleine Schnüfflerin, sage ich, süffisant den Zeigefinger schwenkend. Philip, sagt sie. Nein. Sagt sie nicht. Leon, sagt sie, mach keinen Scheiß, bitte. Alles im Griff, Süße, sage ich so marlowemäßig wie möglich. Kann ich …, sagt Vivi. Was?, frage ich. Kann ich reinkommen? Passt nicht so gut heute, Schätzchen. Sanft nehme ich Vivis Kinn in die Rechte und küsse sie hart auf den Mund.

Vielleicht ein andermal, sage ich und zwinkere ihr zu. Lasse die konsternierte Vivi im imaginären Regen stehen und schließe die Tür hinter mir.

Ziehe mich aus, ziehe die Spritze auf und die Vorhänge zu, gegen die ewigen verwaschenen, bonbonfarbenen Lichter und das ewige Rauschen. Schließe erschöpft die Augen, nach all den Jahren des Ausharrens, des Aushaltens, des geduldigen Ein- und Ausatmens, und sehe sie vor mir: Krimhild, wen sonst, meinen schönen, zu unerhörten Sphärenklängen im Universum geborenen, vielfach verformten, unförmigen *Fin-de-Siècle*-Asteroiden Nr. 242, gleich links von der züchtig zugeknöpften Ida und rechts des humorlos geilen, ewig geifernden, schwarzen Sternenimitats namens Germania.

Und sie, meine schöne Regentin, blickt auf zu mir, den Mund zu einer grotesken intergalaktischen Null geformt, als wolle sie engelsgleich eine Arie anstimmen, in höchster Ekstase, doch nein, es ist nicht ihr Trompetenmund, der die Töne erzeugt, sondern ihr Körper, der zu singen beginnt. Wie die Partitur zum Leben erweckt wird von den feingliedrig einfühlsamen Fingern des Virtuosen. Und ich? Stimme ein in den Chor der Himmelsscharen und setze die Nadel. Zum ersten Mal seit Jahren und zum letzten Mal im Leben seufze ich auf und sinke zurück, in die Kissen, mit diesem charakteristisch selbstgenügsamen Lächeln des unbelehrbaren Junkies auf den Lippen und den mahnenden Worten Dr. Marslingers im Ohr, die auf und ab ging in ihrem klinisch weißen Klinikzimmer und von Türen dozierte, die in Schlösser fielen, unwiderruflich, mit jeder Dosis, der man nicht widerstand. Als wäre nicht genau dies, Ms. Marslinger, exakt der Sinn: allein zu herrschen über Leben und Tod. Allein zu entscheiden. Allein zu bestimmen über Anfang und Ende. Ein einziges Mal in meinem beschissenen, selbstbeherrschten, selbstbestimmt verschissenen Leben die Angst zu verlieren. Vor dem nächsten Moment. Dem nächsten Tag. Dem Leben davor. Dem Leben danach. Denn nur wer die Angst vor dem Leben verliert, Frau Doktor, verliert auch die Angst vor dem Tod.

Drei Ditscher, Mann. Drei Visionen. Eine für jede Unze:

Die wirkliche Welt. Eins habe ich gelernt in all den Kämpfen und Kriegen, die man gemeinhin als Leben bezeichnet: Die wirkliche Welt ist nie dort, wo du bist. Ach, und noch etwas, wo wir schon mal dabei sind, hier, in unserer dreifach verbarrikadierten Souterrainhafenabsteige, einen knappen Dreiviertelmeter über der Wasserlinie, in Erwartung des Angriffs bis an die Zähne bewaffnet: Auf dem Höhepunkt des Konflikts ist man dem Feind am ähnlichsten, gerade wenn man meint, sich am meisten von ihm zu unterscheiden. Sagt der chinesische Weise, der es wissen muss. Und was sagt er noch? Besser einen Tag leben wie der Löwe als tausend Tage wie das Lamm.

Und so erwarte ich die Angreifer. Das Messer zwischen den Zähnen. Die Pistolen im Anschlag. Die Kanonen geladen. Die Säbel gewetzt. Denn niemand wird mir wegnehmen, was übrig blieb von mir. Ein letzter Fetzen Liebe und ein Haufen unerhörter Worte. Wer die Angreifer sind? Keinen Schimmer. Doch kommen werden sie, soviel ist sicher. Um über mich herzufallen und nach mir zu treten, wenn ich bereits am Boden liege. Weil sie wissen: Nichts ist schlimmer als der Tod. Bis auf eins: der Zusammenbruch. Vor aller Augen. Und so spähe ich hinaus in die Nacht, aus dem Briefkastenschlitz in der gepanzerten Haustür, und sehe sie kommen, maskiert, in Scharen. Schwere Stiefel zermalmen, was ihnen im Weg ist: Möbel, Schränke, Tisch und Stühle, Bilderrahmen, Bleistifte, Bücher, Schallplatten, goldgeränderte Wasserkaraffen und den alten Kompass an der Wand neben dem Kanonenstand. Gesandte eines Gottes, den sie für den einzig wahren und richtigen halten. Und wie Jesus selbst stelle ich mich dem Mob in den Weg und gebiete ihm Einhalt, einzig und allein mit der Macht meines Wortes. Mit welchem Recht, rufe ich in die Nacht hinaus, kommt Ihr, dieses Haus zu verwüsten, das ebenso ein Haus Gottes ist wie jedes andere auf Erden und ebenso gut und ebenso schlecht wie jedes, das Ihr selbst bewohnt. Mit dem einzig gültigen Recht auf Erden, ertönt eine namenlose Stimme aus den geschlossenen Reihen, der Erfüllung eines Höheren Willens. Ist dies, rufe ich und spanne den Hahn der *VP70*, die Aussicht auf göttliche Belohnung, die einzige Wahrheit, die Euch obliegt? Ja, mein Herr, dies ist die einzige Wahrheit. Wenn dies so ist, brülle ich, mit erstickter Stimme, wegen des Rauchs und der Verzweiflung und der rasenden Angst im Herzen, dann habt Ihr nichts anderes verdient.

Und ich beginne mit der Volkspistole ins Volk zu feuern, und das Volk feuert zurück, und im selben Moment, in dem der Kugelhagel mir die Brust zerfetzt und ich für alle Zeiten die Augen schließe, schlage ich die Augen auf und finde mich wieder inmitten des nächsten Schlamassels –

Blankenese Apocalypse. Der ganze Druck entlädt sich. An allen Ecken und Enden. Explodierende *SUVs*. Entgleiste S-Bahnen. Kollidierende Linienbusse. Von Daddy zum Drei-Komma-Eins-Abi spendierte *Minis* mit telefonierenden Blondinen im Tennisrock am Steuer, die sich mit überhöhter Geschwindigkeit in Tempo-30-Zonen ineinander verkeilen. Ein Tanklastzug, der in die Tankstelle am Ortseingang rast. Ein Tanklastzug, der in die Tankstelle am Ortsausgang rast, von der nichts übrig bleibt, außer dem Schild über dem restlos ausgebrannten *Select Shop*, mit der weltweit bekannten stilisierten Muschel drauf und dem weltweit bekannten Firmenlogo, dessen Anfangsbuchstabe lichterloh in Flammen steht. Wie Weihrauch steigen die Giftgaswolken auf, buntschießend, aus den hereinkommenden havarierenden Schiffen aus Übersee. Von gelb nach grün und wieder zurück changierende Schlieren von Chlorgas, das in schulbuchmäßig chemischer Reaktion nach Haberschem Blasverfahren aus tausenden und abertausenden unvorschriftsmäßig eingelagerten flandrischen Flaschen entweicht, Napalm, so orange wie der Mond über dem Dschungel einer schwülen südostasiatischen Raubtiernacht, sonnenverbrannt wüstensandfarbenes Syrisch Sarin, südindisches *Union Carbide-MIC*™, das sich in schäumenden Wellen an die Ufer des Strandwegs ergießt, wo sich gasmaskierte Plünderer aus nah und fern über ganze Schiffsladungen hermachen: Zwieback, Dörrfisch, geschmuggelte Snuff-Pornos aus Pjöngjang, handbemalte russische Ikonen, mexikanische Drogen, Waffen, aufblasbare Gummipuppen, sandgesprenkelte Champagnerflaschen und der komplette, zu wunderschönen bernsteinfarbenen Klumpen kristallisierte nationalsozialistische Senfgasvorrat, hergestellt in bester Endsiegstimmung tief in der Lüneburger Heide und noch tiefer versenkt in der Ostsee, in Tagen von Nachkriegsdepression und -reparation.

Dann stiebt die Meute auseinander, als eine *Airbus*-Maschine über den Dächern erscheint, einem albtraumhaften, besinnungslos taumelnden Insekt gleich, und mit infernalischem Motorengeheul eine unvorhersehbar schwarze Spur aus Qualm und Tod und Benzin in den Himmel brennt, dort, wo die Abgase sich sonst so herrlich zitronengelb zitternd in gerader Kondensstreifenlinie im Sonnenschein spiegeln. Am Mobilnetzempfangsmast *downtown* bleibt der Höllenspuk hängen, rasiert ganze Häuserreihen weg und schlägt, sich mit ohrenbetäubendem Geschepper mehrfach um sich selbst drehend, eine Schneise der Verwüstung in den Hügel, an dessen Fuß er dampfend in den sich aufbäumenden Fluten verglüht und wie das Gerippe eines riesigen weißen Wals zum Erliegen kommt. Wie alles zum Erliegen kommt. Augenblicklich. In einer rauschhaften Vision des größten existierenden Künstlers unter der Sonne, in reinster, nur IHM verständlicher, ausgeklügeltester Willkür zwischen Wohlgefallen und cholerischem Wutanfall: der Große Mythologe des Schreckens und sein von Kreationisten und Kretinisten gleichermaßen gepriesenes und auf internationalen Auktionen zu immer neuen Höchstpreisen anonym hoch und höher gehandeltes Werk. Alles hier ist Inszenierung, und Kunst keine Frage von Gut oder Böse, von kommenden Katastrophen oder überkommenen Wertvorstellungen. Es erheben sich die Geister, vielmehr, in Heerscharen, *all the tired, the poor, the huddled masses.*

Und während Blankenese in nicht einmal fünf Minuten
eines einzigen spätsommerlichen Septembernachmittags
und nur ein paar verschwörerisch anmutende Jahrestage
nach *nine-eleven* vom Großen Künstler mit einem kalku-
liert kühnen Strich von der Landkarte radiert wird, blättert der Chor der Engel in den verstaubten Gesangbüchern,
um mit roten Wangen und zu vollflächigen vertikalen
Ellipsen geformten Mündern eine Elegie anzustimmen.
Musik: Karlheinz Stockhausen, Text: Guy Debord. Refrain wie folgt:

»In the future art will be
the overturning of situations
(shalala lala shala)
or it will be nothing
at all –«

Magical Girl Of The End. Und so erheben wir uns, lautlos, Hand in Hand, St. Vivi und ich, zwei Liebende, nackt bis auf die Haut, und schweben davon. Aus dem Zimmer, dem Keller, dem Haus, dem Leben. Ein letzter Blick zurück auf die wehenden Vorhänge und die im Wind bewegten Fensterflügel vor dem hell erleuchteten Raum, den wir zurückließen, um zurückzulassen, wer und was wir waren, einstmals, oder nicht waren.

Und so seht uns aufsteigen, über der Stadt, den ziegelgedeckten Dächern und Lichthöfen, den Erkern und Satellitenschüsseln und Blitzableitern. Seht uns entschwinden, zwei Luftgeister am Himmel, zwischen zwei Schornsteinen, leicht wie Federn, über Busse und Bahnen und endlose Autoketten, bis die Lichter verschwimmen zu einem einzigen Band und wir Fahrt aufnehmen, schneller und schneller, über nächtliche Straßen und belaubte Wälder und rostrote Alleen, über die schneeglänzende Schlucht auf der anderen Seite des Flusses, über dem milden, salzigen Sommerdunst einer blaufunkelnden Meeresbucht, über unfassbare Kreaturen in den Tiefen, über sieben wütend brüllende Ozeane. Seht die Hunde, wie sie schnappen nach unseren Fesseln, seht die Katzen, deren Fell sich sträubt, seht die Nachtfalter im Zickzack unserem Windhauch nachjagen, durch Pfützen aus elektrischem Licht vor den Häusern von Freunden und Feinden und Schurken und Schergen und Killern und Rächern und Rechnern und Schlächtern.

Seht uns ein letztes Mal einen letzten Blick erhaschen, von einem Leben, das uns fremd blieb, wie wir ihm fremd blieben. Seht uns, eng umschlungen, der Schweif des Kometen, die fallende Sternschnuppe, das unbekannte Flugobjekt, auf dem Weg zu einem fernen, weniger fleischfressenden, materieverschlingenden und bodenlos einsamen Planeten im sich ewig ausdehnenden Universum. Seht uns verschwinden, mich und mein magisches Mädchen der Apokalypse, in einem Traum, den ihr träumt, und wir versprechen, wir werden es euch gleichtun und euch verschwinden lassen, in unseren Träumen, auf Nimmerwiedersehen im unermesslichen Reich hinter der vielfach verriegelten, vielfach verspiegelten, sagenumrankten Tür heraufdämmernder und wie Schatten im Schein des allerersten Morgens zerfließender, taumelnder Jahreszeiten und nachtglühender Pappmascheehimmel.

In jedem Traumheim ein Herzschmerz. Mal was ganz anderes, sich voll und ganz willkommen zu fühlen, wenn man irgendwo hinkommt. Irgendwo heißt in diesem Fall: Haus Kunstmann, Ferdinands Höh. Und auf welche Weise willkommen ich bin, wird mir erst so richtig klar, als Krimhild mir um den Hals fliegt, ohne weitere Vorreden, und ihre Lippen auf meine presst, als wolle sie das Leben aus mir heraussaugen, und den Mund öffnet und die Zunge vorschnellen lässt, wie die Schlange im Angesicht des wehrlosen Opfers.

Halt, halt, möchte man sagen, das geht mir alles ein wenig zu zügig vonstatten, vielleicht erstmal einen Drink mixen, in der Küche, sich die Klamotten vom Leib schälen, gegenseitig und ohne Eile, ein Tänzchen wagen, mit nichts am Körper als der sorgfältig komponierten knappen Unterwäsche, ein wenig nackt zusammen im Pool planschen, und dann, nach all diesen Präluminarien, zum eigentlichen Vorspiel übergehen. Wir wollen Kunstmann doch die Zeit geben, zuhause anzurufen, sich zu sammeln, geeignete Schritte abzuwägen, Direktiven zu geben an die hübsche Brünette, die im Berufsleben für ihn im Hier und Jetzt das ist, was ihm sein Busenfreund Fisk früher im Privaten war. Unersetzlich. Nur dass Fisk ihm nicht an den Lippen hing. Nicht auf diese Weise. Das größte Problem an diesem Morgen (einmal mehr): das Fernsprechwesen. Erst rufen Vivi und Wanka an, unentwegt und immer schön abwechselnd. Die eine, um mich daran zu erinnern, dass ich viel zu gut bin, den *bad boy* zu mimen, die anderen, um mir zu sagen, ich sei gefeuert, wenn ich nicht bis spätestens um neun meinen Arsch in die Firma bewegt hätte. Den Wankas schicke ich noch in der S-Bahn auf dem Weg zum Rendezvous mit meiner Auserwählten eine SMS, um ihnen zu sagen, sie könnten mich mal, und zwar kreuzweise, samt ihrer botoxverseuchten Ehefrauen und Ex-Ehefrauen und alteingesessenen steinreichen Asi-Seilschaften á la Thomas Agricola. Und wenn ich Seilschaften sage, meine ich Seilschaften. Denn Freunde hat niemand in Blankenese. Die nächste und letzte SMS meiner Mobile-Phone-Karriere geht an Vivi. An wen sonst? Schreibe ihr, dass ich sie liebe, wie ich nur je jemanden geliebt habe, und sie sich um mich keine Sorgen machen muss. Obwohl Letzteres gelogen ist. Und ich weiß, dass sie weiß, dass ich lüge.

Dann der Anruf. Als kleine mobile Schlusspointe. Es nimmt ab: die Brünette. Mit melodisch heiserem Tonfall. Als wäre sie in Gedanken soeben dabei, sich den BH-Träger von der selbstbräunergebräunten Schulter streifen zu lassen, in einem gesichtslosen Luxushotelzimmer in der City, vom Chef persönlich, Kunstmann, nicht Kreuger, zehn *BMW*-Minuten vom Büro entfernt. Kunstmann & Kreuger Consulting, haucht sie, Ilona Heitmann am Apparat, was kann ich für Sie tun? Spihr, sage ich kurz, knapp und wahrheitsgemäß, aus alter Gewohnheit und um die Sache abzukürzen, ich hätte gern Herrn Kunstmann gesprochen. In welcher Angelegenheit, wenn ich fragen darf, Herr Spihr? In privater Angelegenheit, sage ich. Äh, sagt die Brünette gedehnt, das ist schwierig im Moment, Herr Spihr. Herr Kunstmann ist in einer Besprechung, rufen Sie doch bitte gegen halb zwölf noch einmal durch. Dann ist es zu spät, sage ich. Vielleicht kann ich Herrn Kunstmann etwas ausrichten, Herr Spihr, flötet die Brünette. Sagen Sie ihm, dass der *Delikatess-Wanka*-Lieferant auf dem Weg ist, mit einer Lieferung für Frau Kunstmann. Die Brünette gerät ins Grübeln. Lässt sich das nicht ..., beginnt sie und bricht ab. Ist Frau Kunstmann nicht zuhause?, versucht sie es mit veränderter Taktik. Doch, sage ich, das ist sie. Ich verstehe nicht ..., sagt die Brünette ein klein wenig brüsk. Frau Heitmann, sage ich, was ich Ihnen nun zu sagen habe, dürfte, wie ich Grund zur Annahme hege, voll und ganz Ihren Interessen entsprechen: In ein paar Minuten werde ich im Haus von Familie Kunstmann klingeln, um es anschließend, entschuldigen Sie bitte die Ausdrucksweise, Frau Heitmann, auf jede nur erdenkliche Weise mit seiner Frau zu treiben, die in diesem Moment schon mit bis zum Bauchnabel geöffneter Bluse und feuchtem Höschen hinter der Tür steht und auf mich wartet. Sollte Herr Kunstmann es vorziehen, sich dieses Schauspiel nicht entgehen zu lassen, würde ich Sie bitten, ihm nahezulegen, seine wichtige Besprechung für die Dauer eines langen, langsamen Vormittagficks zu unterbrechen. Die Brünette schnappt nach Luft. Was glauben Sie!, ereifert sie sich. Es wird nicht zu Ihrem Schaden sein, Frau Heitmann, sage ich jovial. Warten Sie, sagt Frau Heitmann.

Doch ich warte nicht länger. Und wozu auch. Klettere vom Bahnsteig herunter, Station Blankenese, lege das Telefon auf die Schiene, klettere zurück auf den Bahnsteig, trete vorschriftsmäßig hinter die durchgezogene weiße Linie und sehe mich nach allen Seiten um. Niemand nimmt Notiz von mir. Bis auf einen älteren Herrn mit Regenschirm und Zeitung, dem ich solange freundlich zulächle, bis er sich wieder seiner Lektüre widmet, über der er seit Jahren und Jahrzehnten auf der Fahrt ins Büro einschläft. Spätestens nach der zweiten Station. Das ganze nennt sich *Hamburger Abendblatt*. Und da kommt auch schon die Bahn. Ich warte eben noch den Moment ab, in dem das Telefon unter dem Gewicht des ersten Waggons seinen Geist aufgibt (wenn es denn je einen besaß), und mache mich schnellen Schrittes über die Treppe am Hinterausgang davon in Richtung Ferdinands Höh. Wohlwissend, dass es keine zwei Minuten dauern wird, bis Kunstmann, aufgescheucht von der Brünetten, zuhause anruft.

Entsprechend atemlos stehe ich dort, im Flur, Krimhild in meinen Armen, ihre nackten Beine um mein Becken geschlungen, ein Empfang also, der erstaunlich nahe an dem ist, was ich der Brünetten vor weniger als fünf Minuten so blumig prophezeite. Da klingelt das Telefon. Nur macht Krimhild keinerlei Anstalten ranzugehen. Also winde ich mich mit Müh und Not aus ihren Armen und stapfe voran in Richtung Küche. Das Ding macht mich ganz nervös, sage ich. Im selben Moment hört es auf zu klingeln. Im nächsten Moment klingelt Krimhilds Smartphone. Sie blickt aufs Display. Kunstmann, sagt sie und fummelt mit zittrigen Fingern am Telefon herum. Es braucht einige Zeit, bis sie die Stummschaltung aktiviert hat, sodass ich mich in aller Ruhe im Wohnzimmer umtun kann, um den Telefonstecker aus der Wand zu ziehen. Nun haben wir Ruhe, sage ich, das Kabel mit verschränkten Armen hinter dem Rücken haltend. Krimhild umschlingt mich wie eine Besessene. Ich möchte, dass du mich fffff-, haucht sie und kann vor Erregung kaum atmen. Ich nutze die Gelegenheit, unauffällig einen Schritt zurückzutreten und das Kabel sanft auf den Teppich fallenzulassen. Sicherheitshalber küsse ich Krimhild auf den Mund, den Nacken, die Beuge zwischen Nacken und Schulter, die Schulter selbst. Erst jetzt fällt mir auf, dass sie praktisch nichts an hat. Bis auf einen hauchdünnen Fetzen von einem wasserblauen T-Shirt und einen Tanga, der ihr Hinterteil betont, wie ich mit geübtem Griff ertaste, während Krimhild mir die Zunge ins Ohr bohrt und Geräusche macht, die nach einer Art von Libido klingen, wie ich sie, bei aller Liebe, in raren libidinösen blankeneseschen Kreisen bisher nicht erlebt habe. Nicht mal bei Liliane Pongratz. Kunstmann, der alte Krawallbruder, scheint seine Krimhild nicht besonders zu verwöhnen. Kein Wunder, solange die Brünette ihm jeden Wunsch von den Lippen abliest.

Und doch geht das alles ein wenig zu forsch vor sich und es hilft nichts: Ich muss das Tempo rausnehmen. Also bemächtige ich mich Krimhilds letztem Fitzelchen gesunden Menschenverstands und flüstere: Ich will Dich, Cream, ich wollte Dich immer, von Anfang an, all die Jahre, und wollte Dich, im selben Moment, in dem ich Dich wiedersah, und will Dich jetzt, mehr als ich jemals irgendetwas gewollt habe. Und Krimhild? Hängt an meinen Lippen. Lässt sich das Höschen ausziehen, widerstandslos, und aufs Sofa werfen, dass das T-Shirt hochrutscht, über den Bauchnabel bis zu den Brüsten. Und genau dort, wo Kunstmann saß, am Sonntag und *Tatort* schaute, im wohligen Halbschlaf, wie Millionen und Abermillionen andere auf ihren eigenen Sofas vor, mit und nach ihm, versenke ich den Kopf zwischen Krimhilds Beine und schmecke und lecke und stecke die Zunge in sämtliche Körperöffnungen, dass Krimhild das Wasser im Mund zusammen und an den Beinen hinunterläuft. Süß schmeckt sie. Nach Sonne und Wasser und Salz und Zitrone und Honig und Karamell. Wusste nicht, dass Du einen Rotstich hast da unten, sage ich, nachdem Krimhild gekommen ist. Doch blickt sie ganz verschleiert, als käme sie aus einem Jahrhunderte währenden, dornröschenhaften Tiefschlaf zu sich, bevor sie sich besinnt und an meinem Gürtel herumzunesteln beginnt. Die Hosenknöpfe öffnet, einen nach dem anderen. Sich über mich beugt. Und mich verschluckt, in einer Flut von Haaren, sodass ich kurz davor bin, mich zu ergeben und alles fahren zu lassen und loszulassen, halb hingesunken, halb gezogen, umwogt von Krimhilds weichen Lippen, ihrer Zunge, ihrer sanften saugenden Wärme.

In diesem Moment höre ich den Wagen vorfahren und ziehe Krimhild, die nichts hört und nichts sieht und nur noch Sinnestaumel ist, zu mir herauf und küsse sie leidenschaftlich. Ich ziehe ihr das T-Shirt über den Kopf, klettere aus der Hose und stolpere beinahe über meine eigenen Beine dabei. Ich trage sie in die Küche, räume mit einer einzigen machomäßigen Pornostartestosteronoberarmtattoobewegung den Tisch leer und dringe in sie ein. Mit Blick auf die Küchentür. Keine zehn Sekunden später taucht Kunstmann dort auf. Krimhild, die von alldem nichts mitbekommt, stöhnt wie von Sinnen, selbst als ich nun innehalte. Mach weiter, Liebling, fleht sie, legt mir die Hand um den Hals und bewegt sich unruhig auf und ab in mir. Bis sie merkt, dass da irgendetwas ist, und die Augen öffnet und mich ansieht und den Kopf wendet und zusammenzuckt. Sie schlägt die Arme schützend vors Gesicht, während ich mich zurückziehe, aus ihr, schweren Herzens, zugegebenermaßen, und den Rückzug ins Wohnzimmer antrete, den Blick starr auf Kunstmann gerichtet, der keinerlei Augen für mich hat. Umso besser.

Ich knöpfe die Hose zu, während er Krimhild in die Mangel nimmt: Wer ist er? Der Lieferant, sagt Krimhild, die nun mit dem Rücken zu mir am Küchentisch steht, mit erstickter Stimme. Sie räuspert sich. Von Wanka, fügt sie hinzu. Wie lange geht das schon?, fragt Kunstmann. Es ist das erste Mal, sagt Krimhild. Warum haben Sie mich angerufen?, fragt Kunstmann in meine Richtung, ohne den Blick von Krimhild zu wenden. Wollte der Brünetten einen Gefallen tun, sage ich. Inzwischen sitze ich auf der Sofakante, seltsam unberührt von allem, und binde mir die Schuhe. Krimhild sieht von einem zum anderen und versteht nur Bahnhof. Die Brünette?, fragt sie. Keine Ahnung, was er meint, sagt Kunstmann. Heitmann?, fragt Krimhild. Wir sind alte Freunde, sage ich vieldeutig. In diesem Moment springt Krimhild Kunstmann an die Gurgel und bearbeitet ihn mit den Fäusten. Du fickst immer noch diese Schlampe, kreischt sie. Routiniert wie ein Boxer wehrt Kunstmann die Schläge ab. Es rattert in seinem Kopf. Was ein Weilchen braucht. Man kann geradezu zusehen dabei. Und eine Doppelschleife machen. Dann fällt der Groschen.

Ich kenne Dich, sagt er und blickt mich an, zum ersten Mal in seinem ganzen beschissenen Leben. Mit einer ruckartigen Bewegung der rechten Hand ergreift er Krimhilds

Arme und hält sie fest. Ich kenne Dich, sagt er wieder. Ja, sagt Krimhild und versucht sich von ihm loszumachen, Du kennst ihn. Und ich kenne ihn auch. Das ist der Typ aus dem *Riley's*, den ich damals ... Den wir damals ..., sagt Kunstmann, lässt Krimhild los und macht einen Schritt auf mich zu. Drohend hebt er den Zeigefinger. Du wagst es, in mein Haus zu kommen und meine Frau zu fff- Scheint eine Marotte in Eurer Ehe zu sein, das F-Wort nicht auszusprechen, sage ich und werde postwendend eines Besseren belehrt: Ja, geifert Krimhild, das ist er. Er ist zurückgekommen, nach all den Jahren. Und weißt du Du warum? Weil er mich liebt. Und immer geliebt hat. Darum ist er hier. Um mich zu ficken, Du Arschloch. Nicht auf diese scheißlangweilige, selbstverliebte Bürokratentour wie Du, sondern wirklich zu ficken.

Für einen Moment weiß Kunstmann nicht, was er tun oder sagen soll. Dann schlägt er Krimhild mitten ins Gesicht. Ficken! Ficken! Ficken!, brüllt sie wie beseelt und taumelt gegen den Geschirrschrank, dass es klirrt. Und weißt Du was, sagt Krimhild, während sie sich schützend die Hand vor die Brust hält, es war geil. Geil. Geil. Geil. Tausendmal geiler als es mit Dir je war. Und weißt Du was? Ich bin gekommen mit ihm. Mit Dir, Du Möchtegernficker, bin ich in 22 Jahren nicht ein einziges Mal gekommen. Du bist so verliebt in Dich selbst und Deinen Schwanz und Deine Scheißfotze in Deiner Scheißagentur, dass Du es nicht ein einziges Mal geschafft hast, in all den Jahren, mir einen einzigen Höhepunkt zu verschaffen, geschweige denn, mir ein Kind zu machen. Nun fackelt Kunstmann nicht länger. Mit einem Satz ist er bei ihr und schlägt zu. Bis dahin hat

er nur dagestanden und mich angesehen und seine Aktien
sondiert. Abgewogen und gegeneinander aufgerechnet.
Mich. Krimhild. Die Heitmann. Sich. Krimhilds Version
von mir. Krimhilds Version seiner selbst. Krimhilds Version einer Version ihres früheren Selbst. Doch nun ist es
genug. Etwas passiert mit seinen Augen und er schlägt
sie sehr hart, mitten ins Gesicht, sodass sie am Schrank
hinunterrutscht und auf den Boden sinkt. So, sagt er, und
nun zu Dir. Er macht einen Schritt auf mich zu. Doch hält
Krimhild ihn fest, als er das Standbein nachziehen will.
Umklammert mit beiden Armen sein Fußgelenk, dass er
aus dem Gleichgewicht gerät und stolpert. Schon sehe ich
ihn fallen und mit dem Kopf gegen die Tischkante knallen und regungslos daliegen. Wie tot. Dann schreit er auf,
plötzlich, und erhebt sich, die Stirn voller Blut, das Haar
in alle Richtungen abstehend, die Augen zwei schwarze
Löcher. Er umkurvt den Küchentisch, klettert auf den
Stuhl, fingert auf dem Schrank herum, dreht sich um und
richtet eine Waffe auf mich. Keine *Walther* diesmal, soviel
ist sicher. Keine guten alten Wehrmachtsbestände.

Weißt Du, was das ist?, fragt Kunstmann, ein Leichtma-
schinengewehr. *M 249 SAW*. Gasbetrieben. Luftgekühlt.
725 Schuss in der Minute. Die Amerikaner nennen es
The Piglet. Du siehst zu viele schlechte amerikanische
Filme, Kunstmann, sage ich. Doch hört Kunstmann mich
gar nicht. Geht um den Küchentisch herum, fast traum-
wandlerisch, während ich mich langsam ums Sofa herum
bewege, parallel zu ihm, und Krimhild in Kunstmanns
Rücken die Schublade des Schranks aufzieht. Ihr Gesicht
ist geschwollen und aus der Nase hängt ihr ein Faden aus

Blut und Rotz, der kurz davor ist, auf den Boden zu tropfen. Du dreckiges kleines Schwein, sagt Kunstmann, ganz wie der Killer im *Tatort,* kurz bevor die Kripo eintrifft, in allerletzter Sekunde, vor dem Zähneputzen und Zubettgehen. Wo bleibt der scheiß Kommissar, wenn man ihn braucht?, sage ich, nur um Kunstmann aus dem Konzept zu bringen. Wo bleibt das verdammte scheiß Happy End, brülle ich, nun ernsthaft am Zähneputzen und Zubettgehen zweifelnd. Warum ist das Leben, das sonst so ein einziges verdammtes, verficktes, scheiß beschissenes Klischee ist, so beschissen?! Beschissen was, sagt Kunstmann, den Arm ausgestreckt, im vollendeten rechten Winkel zum Körper, den Zeigefinger am Abzug.

Oh, Gott, entfährt es mir entgegen aller Vorsätze, als Kunstmann schießt und die erste Salve mit einem komischen prasselnden Geräusch hinter mir in die Wand knallt. Die nächste, sagt er ungerührt, ist für Deinen Kopf. Er legt an und drückt ab. Und wieder knallt eine Salve Kugeln in die Wand. Siedendheiß fühle ich sie links und rechts am Ohr vorbeizischen. Oder bilde es mir nur ein. Während Kunstmann in die Knie sinkt, das Tranchiermesser im Rücken. Nur der schwarze Griff schaut noch heraus. Ganz erstaunt sieht er mich an, wie der kleine Junge die Mama ansieht, nachdem die Großen ihm auf dem Spielplatz den Lolli weggenommen haben. Im Schatten der großen Schaukel. Er dreht sich auf Knien, sehr langsam, um sich selbst und sieht seine Frau an, die zurückweicht, die Hände vors Gesicht geschlagen, zwei, drei Schritte, bis sie gegen die Tischkante stößt. Krimhild, krächzt Kunstmann. Lächelt sie an. Schwankend. Und schießt.

Zinnober. Keine Ahnung, ob ich mir das alles so vorgestellt hatte. Nein, ziemlich sicher hatte ich das nicht. Stundenlang sitze ich da, wie betäubt auf Krimhilds Sofa und starre vor mich hin. Fühle mich eins mit mir, auf ungeahnte Weise, wie nie zuvor im Leben. Und im selben Moment eins mit allem. Als würde ich mich auflösen, nach und nach, an den wabenförmigen Rändern meines Selbst, ins große weiße Alles und Nichts. Dann überkommt mich ein Schaudern und ich schrecke auf, wie der Schlafende aus tiefem Traum, aufgestört von einem Geräusch in der Nacht.

Ich betrachte das Szenario. Das nun schon nicht mehr zu mir gehört. Und nicht mehr ist als Erinnerung. Die Erinnerung einer Erinnerung. Die Erinnerung der Erinnerung einer Erinnerung. Und wie in einer Kette unablässiger Déjà-vus sehe ich mich selbst, von einem Platz links oben an der Zimmerdecke aus, und es ist, als wüsste ich haargenau, was zu tun wäre, weil ich mich ein Leben lang darauf vorbereitet habe.

Zuerst trinke ich, gierig und durstig, direkt aus dem Wasserhahn, den ich laufen lasse, weil das Rauschen sich so angenehm einfügt in die vollendete Ruhe, in der die Zeit aufgehoben scheint und die Sekunden verticken in endloser Trägheit. Dann öffne ich die Terrassentür, nehme die Gartenhandschuhe vom Wandhaken, an dem fein säuberlich aufgerollt der Gartenschlauch hängt, kremple die Ärmel hoch und ziehe die Handschuhe an. Wuchte Kunstmann, der immer noch die Pistole hält, aus der Küche ins Wohnzimmer und dann hinaus auf die Terrasse. Drapiere ihn im Gras jenseits des Pools, die Linke im Wasser, den Kopf über dem Becken. Erwäge für einen Moment, das Messer herauszuziehen und zuzusehen, wie sich das Wasser, das kunstvoll Kunstmanns Gesicht spiegelt, von blau nach grün nach rot färbt, als ein Wind aufkommt und ein erstes Herbstblatt an mir vorbeiwirbelt, das mit einem sanften, kaum wahrnehmbaren Kräuseln auf der Wasseroberfläche niedergeht.

Dann mache ich mich daran, Krimhild zu holen, die ein sauberes Einschussloch in der Stirn hat, am Haaransatz, über dem rechten Auge. Erstaunlich leicht ist sie und sehr friedlich und sehr still und sehr farblos, bis auf das verkrustete Blut auf ihrer Brust. Lege sie sanft an Kunstmanns Seite, hole das Kleid aus dem Wohnzimmer und decke sie damit zu. Trage die Liegen und Stühle und Beistelltische und Sonnenschirme hinein und staple sie kreuz und quer in der Mitte des Raumes. Nehme sämtliche Sofadecken und Kissen und Kerzenständer und Coffee Tables, die ich zu fassen bekomme. Halte inne, einen Moment, als mir Krimhilds *GALA* entgegenfällt. Werfe die *GALA* zu den anderen Sachen auf den Stapel und beginne den Inhalt des ersten Regals aus den Fächern zu räumen: Zeitschriften, Bücher, CDs, DVDs. Kippe das Regal um, schließlich, mit allem, was drin ist. Dann alle anderen Regale. Öffne die Schubladen der Kommoden und finde Tischdecken, Servietten, Kerzen, Windlichte, Vasen. Ziehe die Schubladen heraus und kippe den ganzen Plunder aus. Leere die Hausbar, Flasche für Flasche, über den Bergen von Hochglanzmagazinen in den Zeitschriftenständern. Kippe die Zeitschriftenständer aus und werfe sie auf den Stapel. Ziehe die Stecker aus den Steckdosen und werfe CD-Player, DVD-Player, Stereoanlage, Fernseher, Lautsprecher hinterher. Reiße die Vorhänge von den Stangen und die Bilder von den Wänden. Verschnaufe einen Moment und betrachte mein Werk. Recke mich ein Stückchen, und reiße die Lampe von der Decke. Klettere vom Stapel, der nun bis an die Terrassentür reicht, und trete hinaus in die hereinbrechende Dämmerung. Durchquere den Garten, öffne die Garagentür, hole Benzinkanister und Brennspiritus und leere beide über dem Stapel im Wohnzimmer aus. Suche lange nach Streichhölzern, bis ich eine Schachtel finde, im 70er-Jahre Retrolook, zwischen angefangenen Zigarettenpackungen und eingeschweißten Zigarren, in einem Kästchen auf dem Kaminsims. *Tre Stjärner Stormtändsticker* steht darauf und ganz unten im Kleingedruckten *Jönköping*. Agnethas Heimatstadt. Inhalt: drei Streichhölzer. Eins für jeden Stern auf der bunt bedruckten Schachtel. Werfe das Kästchen auf den Stapel, zusammen mit den Gartenhandschuhen, und nehme die Schachtel. Trete hinaus auf die Terrasse und streiche das erste Streichholz an. Sehe die Flammen züngeln, rot und blau und gelb, in der einfallenden Abenddämmerung. Knöpfe die Jacke zu gegen die aufkommende Kälte und lasse das Streichholz fallen.

Inhalt